單 One-way Street
讀

CUNEI
F●RM
铸刻文化

戎夷之衣

戎夷之衣 李静 著

THE COAT OF RONG YI

上海文艺出版社

《我害怕生活》总序

I 　　中年来临,做过一个梦:人头攒动一望无际的考场里,考官给每人发卷子,边发边说:"每个人的题都不一样哈,好好答,不许错,错一道就罚你!""罚"字刚落,就有滚雷的声音。我恐惧,开做第一题。总觉做不对,就重做,还觉不对,又重做,如是往复,永无休止——做不完的第一题。忽听考官说:"还有最后三分钟,抓紧时间哈!"往下一看,卷子无限长,不知还剩多少题没答。反正已经来不及,我就不再动笔,坐以待毙。铃声大作,卷子收走。惩罚的结局已经注定。滚雷的声音再度响起。脚下土地震颤,裂开口子,我坠落,向无底深渊坠落,挣扎，呼喊，却喊不出，也不能阻止这坠落，于是惊醒。仔细回味这梦，感到主题过于直露的尴尬。

此即这套集子的由来——来自我总也做不完的"第一题"。在契诃夫剧作《没有父亲的人》里，主人公普拉东诺夫对他的邻居们说："哈姆雷特害怕做梦，我害怕生活。"我呢，我因害怕生活而害怕做梦——害怕了大半生，直到只剩最后三分钟的时候，猛然惊醒。

因此，《我害怕生活》里的这五本小册实在是煎熬的碎屑与逃离的祈祷。之所以还敢示人，乃是由于作者被这一理由所说服：它们或可成为某种镜子与安慰——有一个人，在生活中经历了漫长的贫乏与胆怯，却在断断续续挣扎不休的写作里，看见了一丝亮光，保住了一点真心。至于这真心能否安慰你，我也说不准。我自己，倒是愿意听从古人，那人说："不可使慈爱、诚实离开你，要系在你颈项上，刻在你心版上。"（箴言3∶3）

这些文体驳杂的字写于1995年到2022年。有的作品因为一些缘故没有收进来，但大部分也就在这里了。时间跨度如此之长，规模厚度却如此有限，这是我写作之初没有预料到的——我没有预料到，写作竟如此之难。但我也没预料到，写作竟如此意义重大——它是一条道路，借着一束光，将一个困在囚笼里的灵魂，引向自由与爱之地。诚然，写作本身并不是光。但写作只要是诚实不虚的，必会遇见光。光在人之外、人之上，是切切实实存在的。光引领我们实现生命的突破。

这五本小书,按照文体和内容辑成,分别说明如下:

《必须冒犯观众》是一本批评随笔集,收入了一些关于戏剧、影像、文学、泛文化现象的散碎议论和自己的创作谈。它曾于2014年出版,此次再版,篇目做了大幅调整和增删,并按论域重新编排。

《捕风记》是一本文艺专论集,收入了对若干位戏剧家、小说家和批评家的集中论述。它曾于2011年出版,此次再版,篇目亦做了较大调整,所论者是:契诃夫,彼得·汉德克,林兆华,过士行,朱西甯,木心,莫言,王小妮,止庵,林白,王安忆,贾平凹,林贤治,郭宏安。

《王小波的遗产》是关于作家王小波的回忆与评论文章的结集,断断续续写于1995至2022年。总成一书,表明一个受他深刻影响的写作者的记念。

《致你》是一本私人创作集,写于1996年到2021年。之所以用"私人"二字,是因为它们不成规模,自剖心迹,与其说是作品,不如说是一些写给知己的信,最能表明"业余写作"的性质。尤其诗歌,从未发表,完全是自我排遣的产物,以之示人,诚为冒险之举。写小说曾是我的人生理想,但至今畏手畏脚,留下一两个短篇在此,微微给自己提个醒儿。一些散文,是某种境况中的叹息;还有些散文,被写者已经作古,使我的心,如同一座墓园。《致你》是本书里写作最晚的文章，表明我如今的精神光景。近日搜百度，才知2016年已有一首同名流行歌。奈何我不能改。这里的"你"，来自马丁·布伯《我与你》之"你"，是永恒之"你"，充溢穹苍、超越万有之"你"。这是我写给"你"的信，此对话将一直延续在我未来的旅程中。

《戎夷之衣》是完成于2021年的话剧剧本，借《吕氏春秋》里的一个故事，叩问人心中的光与暗。戏剧创作是2009年以后我所致力的事。虽收获不多，至今完成的只有《大先生》《秦国喜剧》《精卫填海》《戎夷之衣》四部剧，且每一部的构思都极缓慢，上演亦很艰难，但写作过程却极喜乐——那种负重而舞的喜乐，是其他体裁的写作所无法给予的。何故？因戏剧是一种最有攻击性也最能凝聚爱的灵魂对话。这么说，不完全由于戏剧是对话体，更由于这种艺术天然地蕴含一种可能性，将一个时代最本质、最疼痛的问题，化作象征性形象之间直接的精神冲突，抛却末节而切中要害地，袭击并拥抱读者／观众的心。戏剧写作是我中年的礼物，使我得以"菜鸟"身份返归青春。这真是奇妙的事。

整理这套书稿，即是整理二十多年麦子与稗子拥挤共生的时光。由于自我的更新变化，从前的有些观点，如今亦已发生变化。但既然已经写下，已经发生，就仍抱着客观的态度，放在这里。

因此，这套小册绝非一个写作者的"成就"之总结，而仅仅是另一探索的萌芽与开始。此生或许只余剩"最后三分钟"，但仍可卸下惧怕，满怀盼望地写作，如此，才能彻底从噩梦中醒来，去就近光。

李静

2022年6月10日

目录

I 《我害怕生活》总序

003 第一幕
023 第二幕
047 第三幕
073 第四幕

105 麦子落在盐碱地,又能如何
    ——《戎夷之衣》创作谈
113 《我害怕生活》总后记

你里头的光若黑暗了，那黑暗是何等大呢！

——《马太福音》6∶23

[时间]

公元前256年，至公元前220年

[主要人物]

石辛，出场时二十岁，齐国人，戎夷弟子

戎夷，四十五岁，齐国义士，墨家弟子，石辛的师父

淳于蛟，出场时四十多岁，戎夷的墨家师弟，楚国大司马

芙蓉，出场时十五岁，戎夷的女儿

淳于嫣，出场时十八岁，淳于蛟的女儿

孟还，戎夷弟子，石辛的大师兄，出场时二十多岁

吕章，戎夷弟子，石辛的二师兄，出场时二十多岁

[其他人物]

白德，秦将

秦始皇，由饰演淳于蛟的演员扮演

老陈，鲁城百姓

老田，鲁城百姓

老熊，鲁城百姓

淳于蛟副将，淳于蛟的随从，众楚兵，鲁城众百姓，书记员，淳于嫣的丫鬟，众秦兵，老年石辛的随从，吕章的家臣，秦始皇的宫女，刽子手等

第一幕

A1

［字幕：A1，鲁城。

［大雪后的鲁城。城门由两位全副武装的鲁国士兵颇有仪式感地缓缓开启。穿着铠甲的孟还与吕章走出，出门口往右转，边走边说话。

吕章　好大一场雪呀。

孟还　下了一天一夜。

吕章　耽误了师父的行程。

孟还　也正好拦阻了楚军。

吕章　不知师父带着石辛师弟几时能到。

孟还　咱就在这城门边候着，几时到，几时接。

吕章　师哥，不瞒你说，我这心里直扑腾。

孟还　扑腾个啥？

吕章　（欲言又止）唉，需要师父坚固一下咱的信心。

孟还　（点头）说实话，我有时也会想：咱墨家军，是不是有病？楚国三十万大军压境啊！这弱小的鲁国国都，军队和百姓搁一块儿也就八万人，咱墨家军总共不超过两千人，这不鸡蛋碰石头嘛？可咱和师父领受过鲁人的侠义心肠，人家有难，咱岂能坐视不管。

吕章　师父带咱们这些年东奔西走，去过多少国家，认识多少人？越是认识这些人啊，越是惦念他们。要不咱怎会一定要带着师父的救守草图，来打前站？离家之前，跟我爹辞行，他气得要命，问我：你犯啥神经病？你送死图个啥？我不认识你这不孝的儿子！

孟还　（模仿戎夷的口气）"不图啥，只因咱是兼爱非攻的墨家。"

吕章　（模仿戎夷的口气）"因为反对打仗，只能去帮那挨打的。"

孟还　这些是师父经常说的。师父在，我就踏实。

吕章　那三十万楚军的统帅淳于蛟，不也就是咱戎夷师父的师弟嘛。

孟还　师兄收拾师弟，妥妥的。就像师兄我收拾你，小菜一碟。（作势欲打状，乌鸦从头顶大叫一声飞过，在孟还头顶淋了泡屎，他有点尴尬地抹了一把）瞧，连老鸹都偏爱师兄我。

吕章　哈哈哈，让你吹牛！

　　〔二人往远处望望，又向四围瞅瞅，发现身穿白色里衣的一具尸体，靠坐于离城门有一段距离的右侧城墙下（观众席方向的右侧），与白雪浑然一体。身体上几乎没有雪，显然有人把雪从他身上扑落，并把他移到这个不显眼的位置。孟还和吕章奔到尸体前，大惊，不敢相信自己的眼睛。

孟还　师父？？

吕章　师父？！

孟还、吕章　师父！！！

孟还　怎么回事？（摸了摸戎夷身上单薄的里衣）师父的棉衣呢？

吕章　（站起身，转圈寻看）石辛师弟呢？啊？石辛哪去了？

　　〔鲁城各色人等从城里往外走，看见戎夷尸体和孟还吕章，围了过来。

鲁国人甲　这是哪位？为啥穿这么少？

孟还　（哭）他就是戎夷义士，我师父！鲁城人千等万等，等的就是他啊!

众人 啊……

鲁国人甲 我们鲁城救守力量的布置,不就是照着戎夷义士的图做的吗?

吕章 是啊!(哭)师父!

鲁国人乙 这戎夷义士……怎么会……这样待在这儿?啊?

鲁国人丙 看来冻了一宿了,生生冻死的啊!

鲁国人丁 昨夜城头谁巡视的?不见有人来吗?戎夷义士到了,肯定会叫门的呀!

鲁国人戊 一定是看着雪大,觉得不会有人来,就睡安稳觉去了!

鲁国人甲 这还了得!大敌当前,夜里城门都不好好把守,致使义士冻死城外!呈请王上,必须追究责任,从严治罪!

鲁国人乙 昨夜风雪大,守城兵士听不见叫门声,倒也可能的……

〔石辛身穿两件棉衣、肩背行囊和剑、手持铁锹上。见众人聚集在戎夷尸体旁,赶紧隐藏,偷听动静。

吕章 事有蹊跷。师父的棉衣不见了,随从他的石辛师弟也不见了。这说明啥?

孟还 石辛谋杀了师父,还偷了师父的棉衣!肯定还偷了救守图！（果断站起，拔出剑来）师门不幸，大敌当前之际，却先要寻找石辛这个凶手，给师父报仇！

吕章　慢！师父武艺高强，怎么可能被石辛谋杀？况且师父身上没有打斗伤痕，像是纯然冻死的。

孟还　但石辛和师父的棉衣、救守图一起消失了，是何缘故？即使不是石辛谋杀，师父的死也一定跟他有关系。吕师弟，你和这几位乡亲抬着师父遗体进城，将凶信告知众弟兄，再画几张石辛的头像张挂四门，追拿他。我带领大家先在城外四处搜寻，绝不能放过石辛这小子！

吕章　好！一定把石辛这败类抓到，问个清楚！绝不能让师父不明不白地死去！

007　　［吕章和鲁国人甲乙丙抬着戎夷的尸体，进城。

余剩的众人　走！抓石辛！

　　　　［孟还带鲁城人搜寻着，下。只剩石辛一人躲在角落里，无力地跪坐下来，埋首于双手中。铁锹滑落在地。收光。

A2

　　　　［字幕：A2，楚军军帐。

第一幕　　　［楚军军帐，肃杀安静。一身金色铠甲的淳于蛟坐在大帅椅中，手中拿一张白绢图仔细观看。两侧站立着副将和楚军士兵。五花大绑、穿着一层棉衣（前场穿在外面的那件棉衣已经不见）的石辛跪在地上。

淳于蛟 （专注地看了会儿白绢图纸，石辛身体颤抖，不安地等待）这是鲁城的救守图，字迹熟悉，很像我当年的师兄戎夷的手笔。（对左右）你们听说过戎夷吗？

副将甲 （结巴）听、听说过，齐国有名的墨、墨、墨家义士，刚刚刚……

副将乙 大司马，刚刚探子来报，说有一个叫戎夷的齐国武人，本是来援助鲁国、跟咱作战的，今早却死在了鲁城门外，随从他的弟子好像叫石辛的，不知去向。十有八九，此人就是那弟子。

副将甲 （不太高兴）我刚……刚想说。

副将乙 谁让您嘴巴忒利落呢。

淳于蛟 （和气而难以捉摸地对石辛）这位客人，他们说得可对？你叫石辛吗？

［众将士为"客人"这个词哄笑起来。

石辛 是的师叔，正是……正是辛儿啊。

副将甲 改、改口改得挺……快。

副将乙 一听您说"戎夷师兄"，他这"师叔"就叫开了。

副将甲 还、还"辛儿"，哈哈哈哈！

淳于蛟 好啦好啦,不要取笑我远来的师侄。左右,给我的辛儿师侄松绑,赐座。

[楚兵甲给石辛松绑,楚兵乙搬了个木墩,放在石辛面前。石辛坐下,惊怕交加之后,松弛,落泪。

石辛 师叔,救救孩儿!

淳于蛟 要我救你什么呢?

石辛 别……别杀我,我真的不是鲁国探子。

淳于蛟 哟,这可不好说。

石辛 (出溜着又跪在地上)师叔,我真的不是鲁国探子!

淳于蛟 怎么证明这一点呢?就凭你自己说?

石辛 您您您两年前还见过辛儿呢,您不记得啦?

淳于蛟 两年前?

石辛 嗯嗯!两年前,您代表楚国出使齐国时,到过我师父戎夷家!您当时接见了师父和我们师兄弟,还拍着我的肩膀对师父说:"这小伙不错,将来出了师,到楚国跟师叔干吧!"同去的还有您女儿淳于嫣,她还跟我和芙蓉聊过天呢!

淳于蛟 芙蓉?

石辛 就是我师父的女儿,当时我们仨聊得……

淳于蛟 嗯,想起来了。我记得这次不太愉快的会面。因为我一直拿你师父寻开心,他就不太高兴。(对左右)你们知道,有一种人缺乏幽默感,整天真理在手正义在胸毫不妥协的样子，其实呢，无非是用批判别人来掩盖自己人生的失败。所以呢，你就得撩撩他。人啊，还是要宽容，顺势，不能走绝路，否则，你看看这下场……

石辛 是啊师叔，我师父他的确有点……（又觉得不太合适）不过他对我挺好的。

淳于蛟 他对你挺好的？那你怎么这样对他？

石辛 啊？

淳于蛟 他独自死了，你却拿了他的救守图消失了。（停顿，变了脸色）你为什么谋杀师父？莫非你是那种人人得而诛之的恩将仇报之辈？左右，把这狼心狗肺的东西推出去，斩了！

二楚兵 是！

〔二楚兵上前，狠狠抓起石辛，欲推往场下。

石辛 （魂飞魄散）不是啊不是啊师叔！辛儿绝对没有谋杀师父！恩师武艺超绝，就算辛儿良心被狗吃了，真要谋杀师父，那也是万万做不到的呀！

淳于蛟 哦？（制止楚兵）那你说实话，你师父怎么死的？你为什么带着救守图离开他？嗯？

石辛 是因为……（边说边想，但竭力不让人看出他是在想）二十多天前，我和师父从临淄出发，顶风冒雪，想要早日赶到鲁城，以便和墨家军及鲁城军民一起……备战。直到昨夜终于赶到鲁城门外，却赶上闭门时分。风雪大，叫不开门，我们师徒二人就在城门洞避雪，以等天亮开城。怎奈我师父……他半夜就冻病了，通身火热，没到天明，就病逝了。（难过状）我怕师父救守图丢失，就背在了身上，想等开了城门后，寻师兄禀告凶信，安葬师父。不料却被他们误解，以为我是杀害师父的凶手，四处缉拿我。师侄无法辩白，只得逃走。本想远离这是非之地，随便在哪儿找个工作，不想途中被师叔部下抓获……就……就是这么回事。

淳于蛟　你师父是冻病亡故的？

石辛　是的！

淳于蛟　据说他死时只穿着一件里衣？他的棉衣呢？

石辛　（神色略不自然，但竭力自然）可能……被需要的路人扒下来自个儿穿上了吧，天这么冷，谁会浪费一件棉衣呢。

淳于蛟　可惜啊，一位名扬天下的国士，就这样无声无息地走了。虽然他是我的对手，但我淳于蛟仍为师兄的死，感到可惜。

石辛　（哭，脱口而出）是啊，我对不起师父……

淳于蛟　为什么？

石辛　（一愣）啊？我……（哭）我应该把自己的棉衣脱下来给师傅穿，把他暖过来啊！

淳于蛟　那你为何没这么做？

石辛　啊？

淳于蛟　（站起身，慢慢走到石辛面前）你不知道他比你更值得活下去，比你值得一万倍吗？

石辛　知道！师侄知道！可师父他……他不要啊！他是真正的义士，一生舍己爱人，怎么会在严寒中接受徒弟的棉衣呢！

淳于蛟　这就是他的不对了。（拍了拍石辛的肩膀）起来，辛儿，别哭了。一个人对自己的价值，要清楚。他当然比你值得活下去。可是他若不坦率承认这一点，不抓住活下去的机会，不采取行动，（微微停顿）那就怪不得你，知道吗？

石辛　（颤抖着站起来，与淳于蛟四目相对）谢……谢师叔！

淳于蛟　咱可以再进一步假设。（盯着石辛）就算你师父把他的棉衣让给了你，而把自己冻死了，你也不必歉疚，知道吗？（停顿，轻拍一下石辛的肩膀，石辛颤栗了一下）相反，我要是你的话，我会……怎么说呢，（指着心口）我会有点儿恶心。他这是陷我于不义啊！噢，他死了，一了百了，被人追思景仰歌颂怀念，我呢？我成什么人了？以后人一提起我石辛，就切齿痛恨万众声讨恨不能扔一泡屎在我身上。我招谁惹谁了？（对石辛）你是自愿来支援鲁国的吗？

石辛　不，不是，只是身为徒弟，不好不跟从师父。

淳于蛟　不来鲁国，会有鲁城门外挨冻这出戏吗？

石辛　不会。

淳于蛟　你可能安安稳稳待在家里，烤个羊腿，喝个小酒，滋润着呢。是谁让你成了道德上的罪人？嗯？

石辛　是……（把要说的话咽了下去）

淳于蛟　辛儿，师叔知道你是厚道人，不喜欢说恩师的坏话。创伤需要时间来抚平。（搂着石辛的肩膀，来到帅案前）别想这些啦。来，先跟师叔好好聊聊这张救守图吧，你师父跟你讲解这些符号的意思了吗？

石辛　（深深地挣扎于说还是不说）嗯……

淳于蛟　（脸色一沉，手按剑柄）没关系，说还是不说，你一定要出于自愿。

石辛　呃……

淳于蛟　（拔出剑来，将面前的茶壶扫落于地，壶碎。众楚军也发出"仓啷啷"的拔剑声，那是死亡脚步逼近的声响。淳于蛟盯着茶壶碎渣）来人，把这没用的东西收拾了，扔出去！

一楚兵　是！

〔楚军一边慢慢拾起茶壶碎片，一边威胁地狠狠盯着石辛。死一般的寂静。石辛颤抖。

石辛　（颤栗）师叔，我师父讲了这些符号的意思！

淳于蛟　哦?

石辛　他……他还画了两张一样的图,鲁城里的师兄们也有一张!

淳于蛟　干嘛用呢?

石辛　师父让师兄们先带一张图到鲁城,依图布置防守器械和兵士,训练鲁军和百姓。他自己随身携带一张,随时修改,就是这。

淳于蛟　改动大吗?还能不能还原?

石辛　改动不大,还能还原。

淳于蛟　(停顿)那我们只好知己知彼,百战不殆喽。(二人四目相对)鲁城能否攻得下,要看师侄你了。此仗我们必胜。胜利之后,论功行赏,包你大好前程!

石辛　谢师叔!

〔石辛满怀恐惧和指望,与淳于蛟默默对视,收光。

B1

〔字幕:B1。A1、A2　两年前的秋天,临淄,戎夷家的后院。

〔戎夷家后院,师徒习武之地。石辛、芙蓉、吕章和师兄甲乙在此练功,戎夷扳着石辛的手臂,指导着。孟还急匆匆走进来。

孟还　师父，淳于师叔带着女儿在客厅里候着您了。一帮子人哪，好大的排场。

戎夷　（对众弟子）记住，以后你们不准叫淳于蛟师叔，听见了？

芙蓉　为啥呀爹，淳于叔叔不是您师弟吗？

戎夷　以前是我师弟，自从他在楚国担任大司马，四处攻伐，兼并弱小，就不再是了。这次出使齐国，我知道他葫芦里卖什么药。（对孟还）你请他到后院来。

孟还　是。

〔孟还下。

石辛　（小声对芙蓉）哇，楚国大司马耶，师父接都不接一下。

芙蓉　哈，你还不了解我爹吗？（从袖中掏出一只木雀）辛哥哥，木雀又飞不了啦，右边翅膀总打不开。

石辛　我看看。

〔孟还引淳于蛟和淳于嫣及众随从上。

淳于蛟　（穿着黑地金色花纹的官袍，满面春风地上）哈哈哈，戎夷师兄，多年不见，你还是这样热心授徒，师弟我真是敬佩呀！

戎夷　（冷淡地）淳于大司马过奖了，我只是在做自己喜欢的事情罢了。

〔芙蓉和淳于嫣不理会大人间的对话，热切地抱在一起。

芙蓉　媽姐姐！

淳于媽　芙蓉妹妹！

芙蓉　好多好多年不见了，好想你呀！

淳于媽　可不，六年啦，我们分别时还是小孩子呢。手里拿的什么？

芙蓉　哈，会飞的木雀，石辛哥哥给我做的，被我玩坏啦，正修呢。喏，你们认识一下！石辛师兄，淳于媽姐姐。

石辛　（被淳于媽豪奢炫目的气度所震慑，拘谨地作揖）淳于小姐好。

淳于媽　（居高临下地打量一眼石辛）你好。给师妹做手工呢？

石辛　啊，三年前跟师父学木工时，做的第一件东西，挺笨挺丑的，您见笑了。

芙蓉　我就喜欢这木雀笨笨的样子。

淳于媽　（拿在手里摆弄）是挺好玩的哈。哼，我爸怎么不带徒弟？害得没人给我做这么贴心的东西。

芙蓉　（有点紧张，欲拿回）可惜它坏啦，右翅膀打不开了。

淳于媽　（不给，继续摆弄）缺陷也是一种美呀。

淳于蛟　媽儿，没礼貌，不先问候戎伯伯。

淳于媽　戎伯伯好！

戎夷　媽儿都不敢认了，打扮得跟贵公主一样。

芙蓉　淳于叔叔好!

淳于蛟　芙蓉侄女也成大姑娘了。师兄，不是师弟说你，女孩家，也得给打扮打扮哪，不能因为师嫂去世，女儿就当男孩养。嫣儿，给你芙蓉妹妹带的礼物呢?

淳于嫣　哦，漂亮首饰!（拉芙蓉的手）妹妹，跟我拿去。

　　[淳于嫣拉着芙蓉下。戎夷和淳于蛟相对无言，淳于蛟尴尬环顾的目光落在石辛身上。

淳于蛟　（没话找话）这位是师兄的爱徒啰?

戎夷　嗯，最小的徒弟石辛。

石辛　（对金光闪闪的淳于蛟敬畏地）师……师叔好。

　　[戎夷干咳了一声。

石辛　淳于大司马好!

淳于蛟　哈哈哈哈!为何改口呢?你不该叫我师叔吗?嗯?（拍拍石辛的肩膀）小伙子不错，将来出了师，到楚国跟师叔干吧!包你做到右司马!啊?哈哈哈哈!

石辛　（本能地，小声）谢……（意识到不对，也开始咳嗽起来）

淳于蛟　诶?临淄今天有雾霾吗?你们师徒老咳嗽?（对自己的随从）啊?哈哈哈哈!

众随从　哈哈哈哈!

戎夷　淳于大司马光临寒舍，有何见教呢?

淳于蛟　师兄啊，什么大司马小司驴的，这么叫好没意思。难道我就不能和你叙叙兄弟之情，不配当你师弟了吗？

戎　夷　不是不配。布衣戎夷跟淳于大司马在师道上已无交集，又何必硬拧在一处呢。

淳于蛟　这话怎么听着有点儿……啊？哈哈哈哈！

众随从　哈哈哈哈！

戎　夷　怎么听着有股子酸葡萄味儿？大司马想多了。葡萄的酸甜，只对狐狸有意义，对一头牛来说，可能啥也不算吧。

淳于蛟　（鼓掌，竖起大拇指）无论世风多么功利，我的师兄永远不变。师弟就敬你这一点！可我不明白，到底什么事让师兄对我如此……如此严肃？我可从来没损害过你的利益。从来没有。相反，好事儿我处处想着你。此次面见齐王，我还大大地举荐你呢，我……

戎　夷　哈哈，哈哈哈哈！

淳于蛟　师兄笑什么？

戎　夷　淳于大司马啊，你还是回楚国好好当你的大司马吧，啊？戎夷就不留你了。你不懂我，我不懂你，鸡同鸭讲，咱俩真没法聊。

淳于蛟　什么意思？

戎　夷　是不是对你淳于蛟来说，只有损害了你的个人利益，才算损害你？

淳于蛟　难道你不是吗？

戎夷　也可以说"是"吧——要是我的"个人利益"你能理解的话。

淳于蛟　你的个人利益是什么？

戎夷　一切。一切都是我的利益。唐国作为唐尧后裔的国，它好端端地在那儿就是我的利益，却被你率领的楚军给灭了。陈国保留着虞舜的宗祠，它漂漂亮亮地待着也是我的利益，却被你率领的楚军给毁了。杞国居住着大禹的后裔，它气定神闲地存在还是我的利益，却被你率领的楚军给吞了。宋国是师祖墨子的祖国，它的独立和完整更是我的利益，却被你率领的楚军给平了。[1]自从你去楚国谋了大司马的职位，就忙着怂恿和满足楚王的野心，四处攻伐，吞并弱小。可这些小国不是因为昏庸暴虐才弱小，恰恰相反，它们是温柔节制的礼仪之邦，它们的百姓安居乐业，它们没有扩张的贪欲——它们是因为这些而弱小。而你，就像狮子扑向小鹿、小羊、小猫一般，咬断了它们的喉管。你的牙沾了多少血，你算过吗？这些血滴到土里，发出多少哀嚎，你听见过吗？下一步，你就要把手伸向鲁国

---

[1] 唐国、陈国、杞国、宋国分别在公元前505年、前479年、前445年、前286年亡国，剧中寓言化地处理了这些国家的亡国时间与原因。

了，别以为我不知道。你这次来，就是要说服齐王在你攻打鲁国的时候，至少保持中立，最好帮你一把，而且齐王答应了。你来我这儿，也是要探我的底，看能不能把我和我的门徒也争取到你那边，我没说错吧，淳于大司马？

淳于蛟　（盯视戎夷）你的情报工作做得不错啊，戎师兄。你敢监视齐王？

戎夷　不用我监视，自有不想让你得逞的人，晓得该将此事告诉谁。

淳于蛟　那又如何呢？戎义士？你能阻止我吗？

戎夷　即使我现在不能阻止你，将来也能阻止你。（停顿）你总会被阻止的。你若一直这样，结局会很惨。

淳于蛟　是嘛？那，咱走着瞧喽。

〔石辛一直在旁呆看，无所措手足。芙蓉戴着淳于嫣送她的项链、头饰和耳环，跟淳于嫣一起笑着跑上。

淳于嫣　快让大家看看，你有多漂亮！

芙蓉　爹，我好看吗？淳于叔叔，辛哥哥，怎么样？

淳于蛟　美！这才是女孩家的模样。再配上漂亮裙子更好了。

石辛　好……好看。

戎夷　马上给我摘了！矫揉造作，珠光宝气，成什么样子！

芙蓉　（懵了）爹！

淳于蛟　师兄，你这就不对了。咱俩之间的事，你冲孩子撒什么气？

戎夷　（平静地）芙蓉，听爹的话，把首饰摘掉，还给人家，这不适合你。

芙蓉　爹……（慢慢摘下耳环、项链和头饰）

淳于蛟　嫣儿，我们跟戎夷叔叔告辞。

淳于嫣　好的。可是芙蓉妹妹，我也想跟你要个礼物，留点念想呢。

芙蓉　行，只要你喜欢。

淳于嫣　（停顿）把你那只木雀送我吧，好吗？

芙蓉　啊……（慢慢从袖中抽出木雀）这是辛哥哥三年前，我娘去世的时候，为了安慰我，给我做的。它陪我熬过了最伤心的日子，整整三年啦……

淳于嫣　是呀，也该换换主人了。何况，它又坏了，让你的辛哥哥给你另做一只新的嘛，（对石辛）行吗？辛哥哥？（嘟起嘴）嗯？好嘛，芙蓉妹妹？你知道我的脾气。我要是看上一样东西却拿不到啊，会生病的，会病得很重很重。（向木雀伸过手去）

芙蓉　（松手，眼泪夺眶而出）嗯，我知道。嫣姐姐，木雀交给你了，你……好好待它呀。

淳于嫣　（接过木雀，得胜地）当然啦，你放心吧。

[石辛站在这四人中间，一脸茫然。芙蓉的手无力地垂下，首饰掉在地上。

第二幕

A3

〔字幕：A3。A1、A2 的两年后，鲁县尹大堂。

〔被楚国征服的鲁城已成为鲁县。石辛坐在县尹大堂书案后，一个书记员坐在旁边，卫士站在两厢。孟还披枷戴锁，站在堂中。

石辛 （看了看孟还，又看卷宗，念）"人犯孟还，墨家信徒，戎夷弟子，齐国人氏，本与鲁地毫无瓜葛。两年前充任墨家军头目，率领鲁人死守鲁城，负隅顽抗我大楚正义之师。怎奈螳臂当车，一败涂地。鲁国灭亡后，该犯潜入民间，广收门徒，以兴办义学之名，帮助鲁人从事复国谋反活动，散布诽谤抹黑言论，在广大百姓中影响恶劣。经举报，该犯被我司迅速擒获，呈请县尹大人对其罪行详加审问，以作判决。"（停顿，看了看孟还）孟犯。

[孟还直视石辛。石辛脸上掠过不自在的表情，强自镇定。

石辛 有没有说错你？有冤情就申诉，本官会为你主持公道。（停顿）假如你有立功表现的话，不但可以既往不咎，更有大好前程等着你。

孟还 怎么才能立功呢？

石辛 （得胜、鄙夷、默契地）立功啊，很简单。第一，你要认罪，承认以往的言语行动的确是诽谤抹黑，图谋造反。第二，你要表示从今以后痛改前非，重新做人。第三，（停顿）你还有哪些同党，他们如今躲在何处，你需从实招来。

孟还 这样啊，那我举报一个人吧。

石辛 请讲！

孟还 此人姓石，名辛，从前也是墨家弟子，现在摇身一变，坐在鲁城大堂上。谁知道他将来会不会因为什么好处，又变了？这么摇摆不定的家伙，对他主人最危险了。

石辛 （一拍惊堂木）孟还，你大胆！你污蔑！！（对书记）这段儿不用记！

孟还　哈哈哈，我说错了吗？好在我不想叫你师弟。

石辛　孟犯，本官行得正，坐得端，你休想陷害我！

孟还　嗯，但愿你对"端正"二字没啥误解。

石辛　闭嘴！谁给你的权力评判本官？！你要做的是坦白交代：这两年，你和你同伙都干了哪些损害大楚的阴谋勾当？他们现在何处？你老实回答，争取宽大处理才是正道！

孟还　我和同伴做的事，没什么需要宽大处理的。

石辛　你们以兴办义学为名，阴谋复国，反抗大楚！

孟还　没有反楚复国这回事，兴办义学倒是真的。因为鲁国啊，它是礼仪之邦……

石辛　还说没有阴谋复国！开口闭口鲁国！（对书记）记上！（对孟还）鲁国已经不存在了，现在是鲁县！鲁县！

孟还　啊鲁县……不是我对国朝更替有啥兴趣哈，只是这个鲁县叫起来真心不顺口。我是说啊，这鲁……鲁县它是礼仪之……之县，连穷人都受不了自个儿孩子是文盲，也受不了孩子没本事，所以呢，我就和师弟们兴起义学，免费教贫家的孩子识字、读书、习武、做木工，就像你当年跟从戎夷师父一样。（石辛不自在地咳了起来）啊不好意思，我不是故意提起戎夷师父的。

石辛　免费教学？经费谁给的？谁是后台老板？

孟还　我们从富户人家接一些木工订单，能养活自己，不需要额外经费。

石辛　免费教学，是何机心？

孟还　机心么，就是教孩子们从小懂得什么是义，什么是不义，做个健全人，（停顿）以免紧要关头，做违背良心的事。

石辛　（脸色难看）教学就教学，你何故诽谤朝廷？

孟还　诽谤朝廷？这是没有的事。

石辛　敢说没有？传证人！

[衙役带上三个中年百姓。

石辛　你们可认得对方？

孟还　（看着他们仨）老熊，老田，老陈，你们干啥来了？

[三人躲闪孟还的目光。

石辛　好。（对三个百姓）你们说，孟犯这两年，主要做些什么？可有危害朝廷的勾当？

[三个人相互推脱一番，最后老陈被推搡着上前一步。

老陈　启禀大人，孟先生他……

石辛　孟犯。

老陈　孟犯他……他这两年虽说教了我儿子读书，写字，习武和木工手艺，可我儿子却只能简单做个桌椅板

凳，复杂的家具仍不会做！（沉默）

石辛　完了？

老陈　呃，这说明孟……孟犯的教学质量有待提高！

（沉默）

石辛　完了？

老陈　完了，大人。

石辛　你俩还有什么补充？

[老熊推老田上。

老田　启禀大人，孟先……孟犯这两年虽说教了大人孩子们一些小本事，可他功大于过，利大于弊！

石辛　功大于过，利大于弊？

老田　啊不对，过……过大于功，弊大于利！

石辛　比如说呢？

老田　比如说，我本来不识字，他就教了我一些字，可有些词我仍不会用，他也不耐心解释清楚。

石辛　哼，看出来了。就这些？

老田　就这些。

石辛　（对老熊，二人对眼神）你呢？无关紧要的就不要说了。

老熊　启禀大人！这孟犯罪大恶极，死有余辜！

石辛　哦？具体说来！

老熊　先不说他教授武功是多么三心二意，也不说他教授木工是多么不卖力气，只说他教孩子们读书写字时夹带私货，毒害心灵吧。

石辛　哦？请讲！（对书记员）认真记！

老熊　有一天，正巧我没事，也去跟着孩子们一起听课，就听见他明目张胆地攻击大楚。

石辛　怎么攻击呢？（对书记员）记清楚！

老熊　他说："现在有一个人，进了人家的园子去偷桃子李子，大伙儿知道他不对。又有一个人，偷了人家的鸡鸭猪狗，大伙儿也知道他不对。还有一个人，偷了人家的马和牛，那就更知道他不对。更有一个人，他杀了个无辜的人、抢了人家的皮衣、夺了人家的刀剑，那就更不得了，全天下的人都知道他是不义的罪人。可这人再不义，能有攻伐一个无罪的国家更不义吗？那可是杀了成千上万无辜的人啊！可这样的事，却没人说它错，反倒普天下都称赞这打了胜仗的国君。这说明啥？说明人并不真懂义和不义的区别。这就好比一个人，见了一丁点儿黑说是黑，见了巨多无比的黑，就管它叫'白'一样，这个人是黑白不辨、是非不分啊！"（停顿）孟先生，我没学错吧？

孟还　没错，你记性很好。

老熊　县尹大人，孟犯在大楚刚刚征服鲁地一年多就说这话，是什么意思？

石辛　孟犯，你回答这个问题。

孟还　石县尹，老熊，这段话，你们不知道出自哪里吗？

老熊　出自你的嘴巴。

石辛　当然知道，这是《墨子·非攻》里的一段。

孟还　戎夷师父给我们讲过的。

石辛　（脸色难看）嗯。但现在已不适合再讲了。你再讲，显然是别有用心了。

孟还　真理是时装还是磐石？

石辛　小心，别搬石头砸了自己的脚。

孟还　伤脚比伤头好。

石辛　你说谁伤头？

孟还　当然是你。石辛，两年过去了，武功盖世的戎夷师父，为什么是穿着一件里衣冻死的？死前是什么情形？天下人不得而知。但天下人都知道，你石辛盗取了师父的救守图，卖师求荣，投靠淳于蛟，致使鲁城失守，鲁国沦陷，如今臣服在楚国的铁蹄下。你是靠着出卖良心，换来了鲁县尹的官职。楚国是靠着收买良心，换来它在鲁国的统治。这些都不会长久。人或许会因为软弱而屈服，可老天爷却从不软弱，也从不屈服，祂最终会用你做过的事来报应你。你和你的头要小心！（对老熊）老熊，你也要小心！

老熊　我……我不用你管！

第二幕　石辛　（脸色苍白）左右。

众卫士　有！

石辛　孟犯阴谋反楚，证据确凿，将他押送法场，立即斩首！

众卫士　是！

［众卫士欲推孟还下场。芙蓉急上。

芙蓉　刀下留人！

孟还　芙蓉？

石辛　（按捺激动）芙……这位民女，报上名来。

芙蓉　民女戎芙蓉见过县尹大人！

石辛　何事上堂？

芙蓉　县尹大人，求你放过孟师兄！他没有犯罪！

石辛　孟犯是你……什么人？

芙蓉　我的师兄。

石辛　只是师兄？

芙蓉　也是你的师兄。

石辛　……都是过去的事了。

芙蓉　（停顿）过去的事，就都可以忘记吗？县尹大人？

石辛　（情绪波动，停顿，使劲冷下脸来）戎小姐，此事证据确凿，由不得我。

芙蓉　（泪如泉涌）求求你。

孟还　芙蓉师妹，不许求这个丧了良心的东西！你，多多保重！

石辛　（停顿）推出去，斩首！

〔卫兵推孟还下场。

芙蓉　（身体如同被冻住，轻声）石辛，石辛，你的心，果然是石头做的啊。

〔游魂一般下场。

石辛　（失神地）退堂。

〔众人全部退下，石辛独自一人坐在案几后面发呆。

〔意念中的淳于蛟慢慢走上。

淳于蛟　干得好。孩子，你长大了。

〔天幕处，站着身穿白色里衣的戎夷。石辛和淳于蛟都回头，沉默地看着他。

A4

〔字幕：A4。A3三个月后，楚国都城陈，淳于蛟家的后花园。

〔后台响着官员们寒暄和闲聊的声音。石辛从左台侧上了几步，向舞台后部的空秋千椅张望。见那里无人，他又缩回来，拿出一幅白绢信笺，看了几眼。他又张望，淳于嫣和侍女上。淳于嫣坐在秋千椅上，侍女跪下，给她裙下的裤脚系紧，站起，推了她的靠背一下，她开始荡着玩儿。石辛充满欲望地看着她，片刻，走出，假装没看见她，手持着信，边走边看，不时摇头叹息，抹泪。

淳于嫣　石县尹，干嘛呢？

石辛　（假装才看见）啊，淳于小姐！这么巧！

淳于嫣　怎么不跟我爹他们聊天啦？过节才回一趟京城，文武百官见一面不容易呀。

石辛　我听见老人家们在谈淳于小姐的终身大事，不便窥探，就出来了。

淳于嫣　哈哈，我这老姑娘啊，太让我爹操心了。

石辛　哪里的话，您是花季少女好不好。

淳于嫣　有二十多岁的花季少女吗？

石辛　当然，最好的年华啦。您比四年前我们在临淄见面时，还要美。时间啊，对有的女孩是刑具，对有的女孩呢，是最高明的化妆师，给她增添的不是衰老，而是一种智慧的美。什么老姑娘啊，求您了，可别再自黑啦！我都能想象，您从十二三岁开始，就一直不停地拒绝啊拒绝，谁也看不上，都拒绝累了。（停顿，绝望的倾慕状）是啊，这地上的俗物，有谁能配得上您呢。

淳于嫣　（受用无比地）你可真会说话，阅人无数了吧。

石辛　哪里，我也就……纸上谈兵。（一副要把信藏起来的样子）

淳于嫣　看什么呢，愁眉苦脸的？还想藏起来？

石辛　啊，没什么。

淳于嫣　给我。

石辛　一封信，不能看的。

淳于嫣　别人不能看，我还不能吗？给我！

石辛　特别是您，才不能看。

淳于嫣　（从秋千椅上下来）这太岂有此理了，快给我看看！（不容置疑地伸出手）

石辛　真的不能……

淳于嫣　（从石辛手里抢走信，对侍女）天有点凉，你去给我拿件斗篷来。

侍女　是。

［侍女下。

淳于嫣　（坐在秋千椅上，念）辛哥哥……

［芙蓉走出，向石辛说话。这是石辛编造的书信里虚构的芙蓉，神气看起来与前几场判若两人。

芙蓉　辛哥哥，见字如面。以为三个月前公堂相见，就是永别了，没想到你还能想起我这个妹妹。不必为我爹和孟还师兄道歉。我爹就是这样的人，即使不是你，任何一个别的弟子陪伴他，最后也是那个结局。我不只是说我爹死这件事，还有你献出救守图的事。没错，任何人都会做你这样的选择。谁不想要活下去？谁不想好好活下去？淳于叔叔既然给了你这个机会，你当然要抓住。你的选择合乎正常的人性。相反，倒是我爹不大正常。他想当圣人，想当英雄，结果害得我孤苦伶仃。

至于孟还师兄，你误会了，他不是我的未婚夫。我没有未婚夫。你知道我为什么没有。你是遵照楚国的法律杀他的，又不是捏造事实陷害他，为何感到不安？何况他在大堂上出言不逊，差点陷你于死地，你这样对他已很宽宏了。我说"你的心是石头做的"，是因为还不知道此事的前因后果，希望辛哥哥不要介意。

你和淳于嫣有来往吗？我不想叫她姐姐。她抢走了我在世上最珍爱的东西——你给我做的那只小木雀，也抢走了我的心。自从与你分别，我的心就一直空落落的。没有任何人能取代你在我心中的位置。淳于嫣善待那只木雀了吗？肯定不会。她这个人，得不到的东西才是好的，到手的东西就扔掉。从小就是如此，从小就和我争竞。好在你到不了她的手。永远也到不了。因为你是我的。

啊，好想时光倒流到七年之前，你我初相见。那时你十五岁，我十二岁。你给我做了平生第一只木雀。你清澈的眼睛望着我，好像要望一生一世。

我也忘不了两年多前，你、我和我爹唯一也是最后一次，从临淄出发，走到兰城的一路。途中还有一支可爱的插曲。那时我们多么纯洁呀，真想那样一直走下去。可现实是，你们把我送到兰城，就继续上路，走向鲁城了。我们各自的人生，也从此改变。

你会来兰城看我吗？我们会把没走完的路，一起走下去吗？

芙蓉妹妹敬上。

〔芙蓉消失。淳于嫣拿着信，陷入沉思。

石辛　对不起淳于小姐，冒犯到您了。

淳于嫣　没有。当然没有。

石辛　把信还我吧。

淳于嫣　（不给）你怎么想？

石辛　什么？

淳于嫣　对芙蓉，你怎么想？

石辛　很矛盾。她很依恋我，我……

淳于嫣　你也依恋她。（满怀醋意地）你是她的嘛。

石辛　怎么说呢？我不忍心伤害她，毕竟朝夕相处了五年。

淳于嫣　你们是不是已经……（站起来，露出那种尽在不言中的表情）

石辛　没有没有！师父家教严谨，怎么可能！

淳于嫣　你喜欢她漂亮。

石辛　还行吧。

淳于嫣　她性格也好。

石辛　挺乖的。

淳于嫣 哼，从小啊，大人们就说：芙蓉比嫣儿漂亮。芙蓉比嫣儿好心。芙蓉比嫣儿聪慧。芙蓉比嫣儿可爱。芙蓉芙蓉芙蓉……

石辛 是啊，我们师兄弟，没一个不喜欢芙蓉的。

淳于嫣 （脸色更难看）你也是？

　　　　［石辛不置可否，看起来在默认。

淳于嫣 你打算怎么办？

石辛 我这次来，是想跟王上请假。

淳于嫣 干嘛？

石辛 去兰城，迎娶芙蓉。

淳于嫣 （气愤而发狠地）哈哈，哈哈哈哈！

石辛 淳于小姐……

淳于嫣 果然，你是她的了？

石辛 我们……早有约定了。

淳于嫣 （停顿）要是我不许你去呢？

石辛 （苦涩状）淳于小姐，石辛这么卑微的人，您操什么心啊。

淳于嫣 （停顿）我，可以使你不卑微啊。

石辛 您别拿小人物开玩笑……

淳于嫣 我说真的呢。（坐回秋千椅，摇荡，回味信里的话）我倒要看看，能有什么东西，到不了我的手。

石辛 她一小姑娘的话，您别当真。

淳于嫣 我不也是小姑娘吗？（用脚撩拨石辛朝服的下摆，

又荡回去）你对我，难道就……

石辛　我……怎么敢呢？（单膝跪下，秋千荡回来时，顺势握住淳于嫣的脚踝）我甚至不如您鞋底的微尘，还能有幸被您踩在足下。

淳于嫣　（闭目，轻声）芙蓉，你看见了吗？

［石辛跪吻淳于嫣的足踝。

石辛　（轻声）淳于小姐，求您不要折磨我……

淳于嫣　（娇弱无力地闭目靠坐在秋千椅里，享受这芙蓉得不到的石辛的膜拜，轻声）我，怎么折磨你了？

石辛　（轻声）明明不可能，却让我不可自拔地迷恋您……

淳于嫣　（轻声）为什么不可能？

石辛　（痛苦状）因为，我对芙蓉有承诺，也因为……

淳于嫣　承诺？（睁开眼，轻声）扶我下来。（石辛缓慢地站起身，搀扶淳于嫣从秋千椅中下来）走，找我爹去，谈谈我们的事。

石辛　我们……的事？

淳于嫣　对，我们的事。（停顿）跟你和芙蓉的事比起来，怎么样？

石辛　我……我没想过，我不敢想。

淳于嫣　放胆想呢？

石辛　（停顿）像我日思夜想的那样想吗？

淳于嫣　你日思夜想的，不是芙蓉吗？

石辛　（停顿）不，只有不敢想的，才会日思夜想。

淳于嫣　那是怎么想呢?

石辛　（靠近淳于嫣，拥她入怀，轻声）这样想。（轻吻淳于嫣）

〔淳于嫣热烈地回吻。石辛轻轻放开淳于嫣。

石辛　可是，淳于师叔不会同意的。

淳于嫣　在我这儿，没有我爹不同意的事。

石辛　（含情脉脉地看着淳于嫣）淳于小姐，石辛粉身碎骨，也无法报答你的深情厚意……

淳于嫣　叫我嫣儿。

石辛　（停顿）嫣儿。

淳于嫣　哎。

〔光渐暗，凝成一束，照在石辛似笑非笑的脸上。他扭头，望向天幕，与身穿白色里衣的戎夷对视。暗。

B2

〔字幕：B2。A1时间的十天之前。从齐国去往鲁国的路上。

〔一条土路，路侧有一可坐着歇脚的大石。芙蓉追石辛跑上，二人各自背着行囊，石辛手里拿着一片白绢，绢上写着字。

石辛　（念着白绢上的字）"亲爱的小木雀：你离开我两年了，一切都好吗? 我不太好。我爹在去鲁国的路上。你爹辛哥哥也在去鲁国的路上。很快，就会只剩我一个人了。"

芙蓉　（又羞又急地追赶）辛哥哥，还我！

石辛　（念）"你呢？没有我的陪伴，是不是也很孤单？毕竟我们一起生活了三年呢。我娘去世之后，你陪我最多啦。是你用笨笨的拼命翱翔的翅膀，帮我抬起头来看见天空和太阳，并且想道：娘在天上看我呢，我应该对她笑才对。从此，我又会笑了，谢谢你。为了你，我也要谢谢辛哥哥。"

芙蓉　别念啦！快还我！

石辛　（念）"可是辛哥哥很快就要跟我爹一起，去帮鲁国人抗楚啦。这一去，可能再也回不来了。我将永远是一个人，就像远方的你一样。好在我们终有一天，会在天上见的。那是个老天爷掌管的、温暖快乐的地方，我爹，我娘，辛哥哥，你和我，想在一起多久就多久。不像这个世界，充满不想要的离别。小木雀，为了团聚的那天，你一定好好的呀……"（读完，愣住）

芙蓉　（又羞又急又难过）辛哥哥，你怎么这样！

石辛　（不认识似的看着芙蓉）芙蓉妹妹……

芙蓉　（把白绢抢回来，塞进袖口，羞红了脸）以后我写字的时候，不许偷看！

石辛　（停顿）以后？以后哥想偷看也偷看不着啦。

芙蓉 （明白这话的含义，呆住，泪水滑落，扑进石辛的怀抱里）辛哥哥！

石辛 好妹妹，不哭。

［芙蓉继续哭。

石辛 傻妹妹，你心里是存了多少眼泪呀。

芙蓉 （啜泣）好希望这是个梦啊，我不哭了，梦就醒了，你……你和我爹就……就都回家了。

石辛 （停顿）放心，我会回家的。

芙蓉 （啜泣）别骗我啦。我知道你们不会回来了，永……永远不会回来了。

石辛 （看向前方）前面的路口，往左是齐国的兰城，往右是鲁国的鲁城。一会儿我和师父先把你送到兰城你姨家，然后再折到鲁城去，（停顿）我们就从此别过了。

芙蓉 （又哭）辛哥哥！

石辛 好妹妹，哥真想好好照顾你，照顾你一生一世啊。

芙蓉 （哭）哪还有一生一世，什么叫一生一世啊……

石辛 一生一世啊，就是一个男人在十五岁的时候，给一个女孩做了只小木雀；在他八十五岁的时候，他还在给那女孩做小木雀。那女孩呢，虽然已经头发花白，皱纹满面，可仍是他的小女孩。

芙蓉 （啜泣）那是将来，天上的事啦。

石辛 哪有天上？只有人间。我要在人间陪着你。（停顿，放开芙蓉)芙蓉妹妹。

芙蓉　嗯?

石辛　我要向你坦白。

芙蓉　坦白什么?

石辛　本来,我就不想跟师父在鲁城打仗的。

芙蓉　啊?

石辛　我不想做没有结果的事,不想明知失败还要去争取。我想为了自己,好好活着。

芙蓉　(呆住)你……这样打算的?

石辛　(停顿)可我现在改主意了。我要为了你,为了给你挣一份大大的荣耀,去奋斗。

芙蓉　你……

石辛　只有这样的我,才能配得上这样的你。

041　芙蓉　(茫然地,虚脱地)可是……

　　　[戎夷背着行囊,手持白绢地图上。

戎夷　你俩走得够快的。(沉浸在思考的兴奋中)辛儿,我这救守图,又有了修改啦。

芙蓉　(吃力地冷静着)爹,辛哥哥他不想去鲁城打仗,你不该强迫他去。

戎夷　辛儿,是吗?

石辛　嗯……

戎夷　(失望地,但讲原则地)怎么不早说?去鲁国打仗是自愿的,行义,须出于本心。

石辛　我知道，我是想陪您到了鲁城再说……

戎夷　你想去哪？

石辛　秦国。

戎夷　那个虎狼之国？一直虎视眈眈想要吞吃天下的国？

石辛　我没想那么多。只要它能实现我的个人理想就行。

戎夷　什么理想？高官显爵，富贵终生？

石辛　我原来是想为自己奋斗，但现在我变了。我要为了芙蓉，为了将来和她一起过上好生活，去秦国闯一番事业。（停顿）毕竟您只有这么一个女儿，说实话，如果您为鲁国捐躯，将来谁照顾她呢？

戎夷　（停顿）辛儿，你知道我为什么和淳于蛟断绝师兄弟关系吗？

石辛　知道。因为他背叛了墨家兼爱非攻的信仰，为楚国四处征战。

戎夷　秦国比楚国还要暴虐贪婪十倍。

石辛　明白。可是，您就为了大义不管自己的女儿吗？这对芙蓉，公平吗？

戎夷　你要照顾芙蓉？

石辛　是的。

戎夷　照顾她一辈子？

石辛　没错。

戎夷　所以你不去鲁国抗楚？

石辛　可以这么说。

戎夷　所以你要去一个比楚国还暴虐的国家建功立业？

石辛　这……

戎夷　这逻辑不太对吧？辛儿，假如你真为了芙蓉，或者哪怕你不为了芙蓉，只为自己而不去鲁国打仗，去别国做事，为师都没意见。只是，你不可去楚国，也不可去秦国，不可去任何侵犯别国的国家效力，否则，你不是我的弟子。（对芙蓉）芙蓉，你若跟从这样的男人，我也不认你这个女儿。

芙蓉　爹……

石辛　师父，难道您真相信弱能胜强？您真看不出天下大势？楚国早晚要灭了鲁国。秦国早晚要灭了韩赵魏燕楚齐，最后统一天下。个人是渺小的，胳膊是拗不过大腿的，这就是弱肉强食的世界。谁先投靠强者，谁就等于先有了一大笔原始股，就等于拥有了幸福的生活！您真不希望女儿跟着徒儿，有个幸福发达的将来吗？

戎夷　（才认识这徒儿似的，辛辣地）辛儿，你平时不言不语的，心思却明白得很呢！

石辛　（没听明白）师父过奖……

戎夷　芙蓉，你怎么想？

芙蓉　爹，这世上除了你，就是辛哥哥陪我最多了……真不想孤单地活着呀……（停顿，难过地）可是辛哥哥，你现在的表情，为什么跟你笨笨的小木雀越来越不像了呢?

石辛　妹妹,人总要长大的。

芙蓉　当小孩子也一样可以活呀。(停顿)辛哥哥,你还记得咱们在临淄的邻居李叔叔吗?

石辛　记得,他是从秦国搬来的儒生。

芙蓉　他跟我说过为什么离开秦国,那个理由吓死人。

石辛　怎么?

芙蓉　他说,秦国只许拜王,不许拜天,甚至不可以抬头望天。

石辛　那又怎样?

芙蓉　怎样?那人活着还有什么意思?有什么盼望?我就永远见不到我娘,更见不到能跟祂说出所有心事的温暖慈爱又公正的老天爷了,那多可怕!

石辛　你,跟老天爷说心事?

芙蓉　对啊。

石辛　他回答你吗?

芙蓉　当然啦。

石辛　他怎么回答你?

芙蓉　祂安慰我,让我心里好受些。

石辛　他长啥样?白胡子老头,还是红胡子老头?

芙蓉　别瞎说!我虽然看不见祂,可能感觉到祂。第一回感觉到祂,是我娘刚过世的时候。我想娘实在想得不行,又不知跟谁说,就跪下来对祂说:老天爷啊，你是慈爱的，你是怜悯的，求你告诉我娘，我可后悔说她做的裙子不好看呢。我可后悔因为说裙子不好看，把她气哭了呢。求你替我擦干她的泪吧，求你告诉她，我喜欢她做的那条浅蓝色裙子，我现在天天穿着它，很怕把它穿坏了。求你告诉她，我想把从前气她的事儿都抹去，请她原谅我，行吗？老天爷？要是行的话，求你让我的心觉得轻快些，别老让它像裂了一样疼，行吗？老天爷？我就跪在地上这样求，把憋在心里的话都跟祂说了。过了一会儿，很神奇地，我的心真的轻快起来，温暖起来，心里的那条裂缝，真的不疼了。我就知道，老天爷祂听了我的求告，安慰了我。

〔芙蓉说话时，戎夷一直观察着石辛的反应。

045 石辛 （感动而又不以为然地）嚯，我还以为是我安慰了你呢，敢情没我啥事。

芙蓉 你……当然也安慰了我，你就是老天爷派来安慰我的。祂也一定会安慰你，爱你。（停顿）辛哥哥，为了祂的缘故，真的不要去秦国。

石辛 （停顿）我再想想吧。好妹妹，我和师父先送你去兰城。

芙蓉 （泪又流下）……嗯，好的。

戎夷 （走着）辛儿啊，看见了吗？（意味深长地）前面就是岔路口了。

石辛　看见了,师父。(停顿)我们,先走吧。

［灯光渐收。黑暗中,响起芙蓉的歌声:"妈妈呀,看见小木雀了吗?这是我呀,我来看你啦……"

第三幕

A5

[字幕：A5。A4的十三年后。蕞城。

[一座城池。城上高扬着一面黑旗，上书血红的"秦"。城下有一座军帐，帐外挂着土黄色旗，上书黑色的"楚"。城上秦将白德拿着喇叭，对城下的合纵联军喊话。

白德　楚、赵、魏、韩、燕的将士们，辛苦了！你们勾心斗角成立的合纵联军，该散伙了吧？你们机关算尽的攻秦计划，该收摊儿了吧？你们在这儿猛攻了二十天，结果呢？我大秦的汗毛一根未动，你们死伤了多少？有数吗？诶呀妈呀，尸首味儿可真大，要不要我派人替你们收收啊？

各国将士们，亲爱的同行们！人的生命只有一次，站在胜利者的一边才是明智！历史的前进方向已经很清楚了！秦国统一天下的大势是拦不住的！考验你们眼光的时候到了！识时务者为俊杰！我代表秦王陛下，向你们发出热烈的邀请——

[面无表情的秦国士兵从城楼上一右一左垂下两条巨大的布幅，右条幅上书："投降+见面礼"，左条幅上书："=高官显爵"。

白德　看见了吧？事情就是这么个事情。合纵联军的同行们，好好想想吧？假如你们投降，请带着见面礼来，我们热烈欢迎。啊？哈哈哈哈！坐等你们的好消息哟！咱们，回见！

[城头收光，白德和众秦兵下。

[楚军统帅淳于蛟的帐内，光亮，五十多岁的淳于蛟来回踱步，三十五岁的石辛佩剑进帐。

石辛　岳丈大人。

淳于蛟　（一种既不见外又保持威仪的表情）嗯。将士们情绪怎样？

石辛　粮草不足，伤亡惨重，有点儿沮丧。

淳于蛟　接下来楚军怎么办，你有什么想法？（警惕而不露声色地）带着剑干嘛，放一边儿，坐会儿，咱爷俩好好聊聊。

石辛　……是，岳丈大人。（把剑靠在桌边，坐下）我没啥想法……听您的。

淳于蛟　你总是这个样子。能不能有点儿主见？

石辛　我觉得……（照本宣科地）各国应该团结一心，鼓舞士气，强秦不破，我们每个国家都不安全……

淳于蛟　这是外交辞令，扯淡时候用的。你心里真这么想？（打量石辛）哼，我没看出你有这个血气。

石辛　（忍辱地闭了闭眼睛）我觉得，咱大楚国应该保存实力，悄悄撤军，让其他四国先在这儿扛会儿。留得青山在，不怕没柴烧。就算合纵联军打败了秦国，最后各国还是要决一雌雄，由最强的那个统一天下。与其傻傻为他国打头阵，不如先给咱自家保存实力。

淳于蛟　（些微赞许地）嗯，这还算个思路。怕就怕所有国家都这么想啊，到时候秦国拉拢一个，打击一个，各个击破，咱大楚迟早也得玩儿完。

石辛　大楚有英明神武的岳丈大人在，不会的。

淳于蛟　（受用地）你呀，就会拍马屁。（沉吟地）这时候，我倒有点儿怀念你戎夷师父呢，他要是在，肯定会率领天下义士抵抗强秦的。

石辛　是啊，起码可以当一阵子炮灰。

淳于蛟　哈哈哈，辛儿，亏你还是他徒弟。

石辛　我真正的师父是您。

淳于蛟　做人的学问，多着呢。（停顿）最近嫣儿有信来吗？

石辛　（脸色不易觉察地阴沉）昨天接到她一封信，她问父亲大人好。

淳于蛟　（意味深长地）你俩可要和睦啊。我那个丫头，我了解，她的确有她的毛病。那个姓赵的，我既然把他发配到西南去了，你也该消消气。

石辛　（勉强地）我没事，岳丈大人。

淳于蛟　怎么不叫我"爹"呢？十几年了，还这么生分。

石辛　……爹。

淳于蛟　这么多年，你和嫣儿连个一男半女都没有。等仗打完了，你回去娶个妾，生几个娃！嫣儿要敢吃醋说半个"不"字，看为父我不收拾她！人生一世，东征西讨，图什么？还不是为了光宗耀祖，儿孙满堂，红火风光？

石辛　……没关系的，爹。

淳于蛟　不过话说回来，辛儿，你也要争气啊。到现在为止，你独立带兵打过一回漂亮仗吗？这次合纵攻秦，我本想给你一个证明自己的机会，让你单独率军跟燕国和赵国呼应，老夫则率军跟魏国和韩国呼应，成夹击之势，直捣咸阳。这次若打了胜仗，你就有了立足的资本。将来楚国统一天下，你石辛也是功勋卓著，谁敢小看？可你就是死活不敢单独率军！结果贻误战机，致使秦国这么猖狂！老夫说句难听话：你若不是我淳于蛟的女婿，能当上大楚国的右司马？（弦外有音地）就你这点本事，到秦国试试看？你是比得了王翦，及得上蒙恬，还是赛得过白起？你去了，早被秦王嚼得骨头渣儿都不剩了。（停顿）年轻人啊，要懂得珍惜。三心二意，东张西望，没事儿就跳槽啊移民啊，下场不会好。你说呢？

石辛　岳丈大人说的是。

　　　[马伕跑进帐中。

051　马伕　（哭音儿）大司马，您快来看看，您的马快不行了！

淳于蛟　哦？（对石辛）你在这儿等会儿！我去去就回！

　　　[淳于蛟和马伕下。石辛拾起剑，手按剑柄，在淳于蛟的大帅椅上坐下，看他桌子上的白绢地图，满脸愤恨和思虑。戎夷穿着单薄的白色里衣，无声无息地走近他。

戎夷　不，不要这样。

石辛　不要哪样？

戎夷　你手按剑柄之后，接下来要做的事。

石辛　师父，您该赞成我才对。身为您的墨家师弟，他淳于蛟背叛了兼爱非攻的师训，投靠楚国，四处开战，兼并弱小，站在墨家的对立面。

戎夷　就像你一样？

石辛　（脸色难看）师父，您说话也忒难听了。

戎夷　你和淳于蛟是同路人。你们这路人，总会死在你们这路人手里。

石辛　我不会。我知道怎样保护自己。

戎夷　咱俩打赌？

石辛　我才不跟死人打赌呢。不吉利。

戎夷　辛儿，听为师的，别杀淳于蛟，劝他不要撤军，一定跟其他四国精诚联合，从函谷关背面切断秦军的粮草供应。再坚持二十天，你们肯定胜利。胜利之后，各国敬天爱人，谨守边界，彼此和睦，永不开战。珍惜最后的机会吧，强秦是虎狼之国，它一旦统一天下，你们所有人都有罪受的。

石辛　别人受不受罪我管不着，反正我不会。在秦国，只要你一直立功，就一直有赏赐，高官显爵，富贵一生。

戎夷　你靠什么立功？你跟淳于蛟不一样，人家会打仗。你呢？靠你肯听话？靠你出卖人？你能保证自己一直有得卖吗？

石辛　（忍无可忍地拔剑出鞘）戎夷！你不要倚老卖老，

出言不逊！

戎夷　（往剑尖上凑）来呀？刺呀？好徒儿？

石辛　（收剑入鞘）哼！

戎夷　心意已决喽？

石辛　已决。

戎夷　（冷笑）那就祝你好运，祝你无悔，石右司马！

石辛　借您吉言喽！（打量着戎夷）师父，下次您露面时，能不能穿件儿棉衣？老这身打扮，好像控诉我似的。

戎夷　不是我不穿，是你看不见我穿。不是我控诉你，是你自己控诉自己。

石辛　（捂住耳朵）够啦够啦！您甭说绕口令了！

〔淳于蛟回帐，看石辛的样子，有些诧异。戎夷笑着撞了下淳于蛟，后者看不见他，浑然不觉。戎夷慢慢下。

淳于蛟　辛儿，谁说绕口令了？

石辛　啊？没，没什么，我在练习……怎么跟官兵们说这事。

淳于蛟　什么事？

石辛　咱们先撤军的事啊。

淳于蛟　你真觉得联军没戏？我刚刚想了一下，也许五国可以精诚联合，从函谷关背面切断秦军的粮草供应……

石辛　岳丈大人，楚军死了三万人了！不能再耗下去了！（假装倾听）哎呀，您的马还是叫声不对，真不行了？

淳于蛟　（看向帐外）是吗？

［石辛举剑刺向淳于蛟的后背。

淳于蛟　辛儿，你？？？（扑倒）

石辛　我？我谢谢您。（蹲跪在淳于蛟尸体前，欲割其头）很好的见面礼。

［一缕微光照在石辛扭曲的笑脸上，他侧着头，与天幕尽头身穿白色里衣的戎夷对视。收光。

A6

［字幕：A6。A5的两年后，鲁城外战场。

［天幕处有土堆和沟壑。低沉的战鼓声。三十七岁的石辛与四十来岁的白德身穿铠甲上，二人边走边谈，看起来面和心不和。

白德　石大人。

石辛　白将军。

白德　您能解释这事吗？我们秦军十五万，你们楚军二十万，却败给了我们。

石辛　谁们楚军？

白德　哈哈哈，开个玩笑啦。您投奔秦国两年多了——

您提着淳于蛟人头求见我的情景，还在眼么前儿呢，可不知为什么，我老把您当成楚国人。

石辛　哼哼，没关系啦，好在王上不像您。否则，他老人家怎会委派我来督察您呢。

白德　不为别的，只因我白德太会打仗了。

石辛　您意思，王上多疑，不信任您？

白德　我可没这意思哈！我是说王上宅心仁厚，在以战功论贵贱的秦国，还想着给不太会打仗的臣子分口饭吃，这得多体恤人心呀，啊？哈哈哈哈！

石辛　（冷冷地）是啊，王上如太阳，照好人，也照歹人；照谦卑忠诚的人，也照居功自傲的人。这是任何国家的君王都不能比的。

白德　啧啧啧，真是术业有专攻啊！这么漂亮的话，我们大老粗可说不出。

石辛　哼，言由心生。

〔秦国士兵押解着楚军战俘，陆续从台左上，从二人前方绕行到右，再走向天幕处。

白德　听说石大人十多年前，在这鲁县当过楚国的县尹？

石辛　不错。

白德　这么说来，这些俘虏，也是您当年治下的百姓，或百姓的后人喽？

石辛　可以这么说吧。

白德　（啧啧连声，讥刺地）您居然能提出活埋他们，也算是大义灭亲了。

石辛　为了秦国的统一大业嘛，这点忠心是要有的。

白德　其实，表忠心的方式多种多样，倒也用不着这么绝。

石辛　哟，您动了恻隐之心了？

　　　［五十多岁的老熊被秦军押解着，经过石辛面前。老熊认出了石辛，连忙跪下。

老熊　石大人！石大人救命！

石辛　你是谁？

老熊　我是老熊啊！

石辛　老熊？

老熊　十几年前，您在这儿审理孟还谋反案的时候，我是证人啊！

石辛　证人？哪个证人？

老熊　就是证明孟犯以《墨子·非攻》攻击大楚的那个证人！因为小的作证，那反贼才被斩首！您还奖励小人一柄宝剑呢！

石辛　有这么回事？

老熊　有啊！您贵人多忘事……（哭）石大人，看在小的当年忠心耿耿尽职尽责的分儿上，您饶小的一命吧！

　　　［石辛沉吟着。

老熊　（磕头如捣蒜）哪怕您让小的牵马坠镫，吃屎喝尿都行！啊？石大人，求您开恩，看在故人的分儿上，饶小的一条狗命……

石辛　我送你的剑还在吗？

老熊　在在在！（指向一秦兵）在那位军爷手里！

石辛　（对秦兵）拿来。

　　　［秦兵递上剑。

石辛　（端详剑）保存得不赖啊。

老熊　石大人赐的恩物，小的天天擦拭！

石辛　需要磨磨了。

　　　［石辛抬手，将剑刺入老熊的身体。

老熊　石大人，你……！（死去）

白德　石大人，你这是干什么？好歹他也曾对你有用啊。

石辛　一次性用品，都是用完即抛的。（对秦兵）拖走。

　　　［秦兵将老熊尸体连同尸体上的剑拖走。

白德　啧啧啧，石大人，你够狠。

　　　［一秦军军官上。

军官　石大人，白将军，俘虏们都站好了，等您们示下。

石辛　可以埋第一批了。

白德　慢。

石辛　怎么？

白德　楚军既已投降，鲁城就是秦国领土了。对已降之军，可以视作归顺的子民，让他们活命。毕竟二十万人呢，一旦属于秦国，那也是不小的生产力呀。

石辛　白将军虽然说得在理，但这鲁人跟一般俘虏有所不同。

白德　怎么？

石辛　我做过鲁城县尹，对这儿的百姓相当了解。这鲁人啊，反复无常，最不驯服——表面守着孔孟之道，谦恭有礼，骨子里看哪国都是野蛮人，他们才瞧不起你呢。

白德　瞧不起人，就该被埋吗？（指桑骂槐地）我也有瞧不起的人，莫非也要埋我不成？

石辛　白将军，不要偷换概念。

白德　石大人，别的事我都可依你，但坑埋俘虏之事，恕白某人不能从命。

石辛　您总得说个理由，将来我也好禀明王上。

白德　实不相瞒，自从二十年前，我叔父白起将军被先王赐死之日，就传下一个家训：白家子孙，再不能像他在长平之战一样坑杀俘虏。

石辛　长平之战彪炳史册，白起将军坑杀四十万赵国俘虏，是空前恐怕也绝后的战功啊，他何故传此家训？

白德　叔父被先王赐死之前，呼天抢地，想不通战功卓著的自己为何这个下场。在拔剑自刎的前一秒，他恍然大悟，对身旁守候的白家人说："我的确该死！因为我曾用欺诈的手段，坑杀了本不该死的长平四十万赵国俘虏。是他们的冤魂在向我索命。以后凡是白家后人，若打了胜仗，万不可再做坑杀俘虏之事，否则，不得好死！"

石辛　当年白起将军坑杀俘虏是有原因的呀。长平属于上党，此地先前就曾被秦国攻陷，可上党人却不归顺秦国，反投向赵国。白将军担心这些俘虏反复无常，重演当年背叛的把戏；可把俘虏带回秦国吧，四十万降军数目太大，秦军hold不住。白将军反复掂量，本着秦国利益至上的原则，才决定坑杀俘虏。这有什么错呢？

白德　此中对错，唯有老天可以裁夺。

石辛　白将军，秦国只有王，没有天，这一点您忘了吗？

白德　这个，我知道。可是没办法，谁让我姓白呢？我总不能违抗家训，遭受咒诅吧。

059　石辛　您意思是，叔叔比王上大喽？

〔空气有点儿凝固。两个秦兵抬上一座戎夷的雕像。

秦兵　启禀石大人、白将军，我们在鲁城门外，发现了这座雕像，鲁城百姓叫他戎夷。不少人在他前面祭拜，群情激昂，声音震天，说要继承这戎夷的遗志，反抗强秦，光复鲁国。我们恐怕生出乱子，就将这像抬来，请大人和将军定夺。

白德　（看像）戎夷是谁？穿着里衣，身上盖着雪，挺生动啊。

石辛　（老大不自在）哼，他是个不安分的墨家弟子，本是齐国人，却在楚国攻打鲁国的时候，跑来要帮鲁国人抗楚。他到鲁城的那夜，天降大雪，城门紧闭，他没能叫开门，就生生冻死了。（停顿）所以啊，人不能逆势而为，逆了，就是这个下场。

白德　不管怎样，他倒是一条仁义汉子。

石辛　仁义？哼！所谓的仁义汉子，也有想吃人的时候。

白德　石大人所指何事？好像您很了解这位戎夷呢。

石辛　（尽量自然地）我认识戎夷临终前陪在他身边的一位弟子。据他讲，这位所谓的义士为了不被冻死，差点杀了弟子，抢下他的棉衣。

白德　可他最后却是穿着一件里衣冻死的，就像这个雕像一样，对吗？看来他的弟子武艺比他高强，反倒把他的棉衣抢走了？

石辛　呃……说来话长，有机会我再给您讲。（对秦军）把这石像，扔进坑里。

［秦军听从。

石辛　白将军，还是把俘虏们，埋了吧？

白德　我不同意。

石辛　您也看到了，鲁城人在戎夷像前集结，反秦之意昭然若揭。如不坑杀这二十万战俘，任其存活，将来必成秦国大患。

白德　石大人，您在玩一个危险的游戏。今日之事，与我叔叔当年何其相似——不同的只是鲁城与长平，二十万与四十万。若让历史悲剧重演一次，不单对我，对您也不会有好结果。

石辛　悲剧还是喜剧，咱走着瞧。

白德　您是不见棺材不落泪呀。(对侍卫)去，端盆水来。

石辛　你干嘛？

［侍卫端一铜盆上。

白德　(洗手)石大人，我在这盆中洗手：二十万楚军埋，还是不埋，您决定，与我无干。OK？

石辛　哼，你这是自欺欺人。只要你没成功阻止我的坑杀令，这活埋俘虏的功劳，你就有分儿；你我的名字，也会一起记在史册上。(停顿)可说实话，人只有短短一辈子，史册又算得了什么呢？

白德　好，那您，请便。(白德做出投降的手势，下)

石辛　(对众秦兵)埋。

［身穿白色里衣的戎夷，此刻站在天幕处，即将被坑杀的楚军俘虏身边。秦兵将俘虏推入坑中，铲土，俘虏们只有头露在舞台地面。戎夷孤单地站在坑沿，与石辛对视。光暗。

B3

［字幕：B3。B2的几天之后。鲁城门外。

［大雪纷飞的夜，城门紧闭。戎夷和石辛步履艰辛地踏雪而上。石辛走到城门前，砸门。

石辛　开门！开门啦！我们是墨家援军！快开门！

　　　［无人应。石辛继续砸门。

石辛　鲁国弟兄们，你们的援军到了，还不快出来迎接！

　　　［无人应。

石辛　师父，您跋涉几百里支援他们，换来的却是这。

戎夷　（看了石辛一眼，明白石辛"您"字传递的信息）不碍事，先坐下歇歇。

　　　［石辛往空空的干粮袋里掏了半天，掏出两块萝卜干，递一块给戎夷。

石辛　师父，干粮吃完了，只剩这点萝卜干，您就着雪吃吧。

戎夷　（没接）我不饿，你吃。（从怀中取出白绢的救守图，就着雪光看起来）

石辛　等城门打开，我把您送进城，我就去……魏国。

戎夷　嗯，不去楚国和秦国就好。

　　　［石辛凑近。

石辛　这个图有啥啊，您老是看来看去的。

戎夷　你看哈，我没来鲁城之前，没考虑到南城墙的两座城门竟然是这样的,所以守城的器械布局和兵力安排就得改……

石辛 （无心于此,垂涎于另一块萝卜干）您真不饿啊,师父?

戎夷 不饿,你吃吧。（专注地指着图）淳于蛟很快就要带领楚军来到城下。我了解他的套路。他肯定会把帅帐安置在这儿,把骑兵安置在这儿,把步兵安置在这儿。

石辛 （开吃另一块萝卜干,不热心地敷衍）嗯嗯……妈的,咋还不开门啊。这鲁城人心里就没个数,明知道您这两天可能到,也不留个人听城门动静。

戎夷 风雪太大,他们可能听不见。

石辛 （瑟缩地）周围连个旅店也没有,太特么落后了。

戎夷 开战在即,坚壁清野,城外肯定什么都没有。

石辛 真想走回早晨出发的那个旅店啊,可四十里路,又没有干粮,怎么走得动呢?咱俩非累死在路上不可。

戎夷 那就坐着,等天亮开城吧。

石辛 嗯,只能这样了。

[灯渐暗。

[一阵潮水般的巨响漫过舞台。光突亮,戎夷艰难地醒来,原来是梦里的声音。

戎夷 （看石辛闭目僵坐，靠着城门）辛儿，辛儿！醒醒！不能睡过去，睡过去就醒不来了！

石辛 嗯。（依然睡）

戎夷 （拼尽力气大喊一声）辛儿，开门啦！吃饭啦！

石辛 （立刻站起）啊，去吃饭！

戎夷 哈哈，去吧，也给为师弄点饭来。

石辛 （茫然看着周围，口齿含糊不清）啊，师父，城门还关着啊。

戎夷 （抓住石辛的手）辛儿，你这手，简直是一块冰啊。

石辛 师父，我是一块会说话的冰。

戎夷 这样不行，咱们肯定会冻死的。

石辛 冻死就冻死吧，您干吗叫醒我啊。死在美梦里，总比醒来没救强。

戎夷 为师也做了个梦。

石辛 我梦见一个人，像淳于蛟，又不像淳于蛟。他穿着一身金光闪闪的袍子，迈着威风凛凛的步子，他的手也是金子的。他走到哪儿，哪儿就变成了金子。他走向我，伸手拍了拍我的肩膀，我感到半身发麻，金光万丈，马上就要变成一座金像了，您喊醒了我。

戎夷 （停顿，忧心而反讽地）好有前途的梦啊。

石辛 您梦见啥啦？

戎夷 我梦见黑色的大洪水冲过来，淹没了所有人，淹没了你，我，芙蓉，淹没了鲁国人，楚国人，韩国人魏国人赵国人燕国人齐国人……水没到了脖子，把为师憋醒了。

石辛　这啥意思啊？

戎夷　黑色的洪水，就是秦国。秦国啊，将是比楚国更大的祸害。

石辛　师父，您为啥老跟秦国过不去。

戎夷　你听说过齐王命令齐国人，只许拜王，不许拜天了吗？

石辛　没有啊。

戎夷　你听说过楚王命令楚国人，只许拜王，不许拜天了吗？

石辛　也没有啊。

戎夷　可是秦王居然敢命令秦国人，只许拜王，不许拜天。

石辛　拜王还是拜天，有啥要紧？天就是那么个高高远远冷冷的跟咱没啥关系的天，拜它不拜它，又能怎样？

戎夷　辛儿，你错了。天虽然是高高的，远远的，却不是冷冷的，也不是跟咱没关系。祂是老天爷啊，祂的心里火热，有一杆秤。每个人都逃不过这杆秤。祂会按你的心思意念所作所为对待你，分毫不差。

石辛　您真逗，跟芙蓉一样，开口闭口"老天爷"长"老天爷"短的。可是多少人干了缺德事，却升官发财，子孙满堂？多少人行侠仗义，却穷困潦倒，自身难保？这时候老天爷在哪儿呢？远的不说，就拿您和淳于蛟比吧。您身体力行兼爱非攻的墨家师训，为了受到威胁的鲁国百姓出生入死，可老天爷赏您什么了？您不过是有点儿名气的一介布衣而已，还可能冻死在你要救的这座城门外。那淳于蛟呢，虽然背叛墨家，四处攻伐，可老天爷又罚他什么了？人家威风八面，有权有势，连各国君王都敬他三分。老天爷在哪儿呢？真有老天爷的话，我看祂也只是站在淳于蛟一边。赢家通吃啊，师父，从地上到天上，赢家通吃。

戎夷 （*深深地看着石辛*）辛儿，咱爷儿俩在一起五年，还赶不上今儿晚上我对你的了解呢。感谢老天爷安排了这场大雪啊。（*停顿，暗自决断地，引人悬念地*）一场决定你我命运的大雪。

石辛 您啊，不了解年轻人。这样您怎么把握时代的脉搏？怎么做出正确的选择？这样可不行。这样您就out了。

戎夷 幸亏你给我普及了常识。

石辛 这是徒儿应该做的。

戎夷 （*关切地看着石辛*）可是，你这样想这样做的话，不怕失去平安吗，辛儿？

石辛　平安是啥？保全性命？

戎夷　不一定。

石辛　吃饱穿暖？

戎夷　不一定。

石辛　荣华富贵有权有势？

戎夷　不是。

石辛　名满天下受人敬重？

戎夷　不是。

石辛　那我要平安干啥呀，失去就失去吧。

戎夷　（看着石辛，良久）虽然你巴望的东西可能一样也得不到，但平安却有一个真正的好处。

石辛　（期待地）啥？

戎夷　（仰头望着飘雪的天空）你看这雪，这地。假如每片雪花都是有灵性的小生命，那么她们完好无缺地落在地上，不被踩踏，不被融化，是不是就很重要？如果真的做到了，那么这地是不是就很满足？平安，就是这地的感觉：因为完完整整地守护了每片小雪花，所感到的坦然和满足。

石辛　您是说，当弱者大救星的那种感觉？

戎夷　（摇头）不，但凡看得见的荣耀，包括美名，尊敬，都不是真正的平安。（指着心）平安是这里头的状况。你良心里飘着的小雪花，是不是每一片都安然无恙？是，你就会有坦然满足的感觉，也就有了平安。要是你为了外面的利害、荣耀、一时的口舌之快，踩踏了一些，融化了一些，把雪花变成了污水，你就不再坦然满足，也就失去了平安。当然，这件事只有两个人知道：你自己，和老天爷。

石辛　这样啊。（陷入沉思）

戎夷　（紧追不舍地）怎样啊？

石辛　啊？

戎夷　你觉得为师说得对吗？

石辛　这……

戎夷　怎么想就怎么说呗，跟平常一样。

石辛　那我说了哈。首先，我不认为真有老天爷。其次，如果我因为行仁义却穷困潦倒自身难保，就不可能感到平安。我认为平安首先是，你得能活下来。其次是，当上人生赢家。你赢了，你被人崇拜、羡慕、围绕，你才能平安。（尖利的北风呼号，蜷起身子，哭腔）诶呀妈呀，冻死我啦。还人生赢家呢，我怕咱都活不过今晚啊。

戎夷　怎么才能活下来呢？

石辛　再有件儿棉衣啊！穿上足够的棉衣，才能不被冻死。

戎夷　怎么才能再有件儿棉衣呢？

石辛　求老天爷！（向天祈祷）老天爷啊！求你让他们打开城门，把我们师徒二人放进去吧！如果不能，那就求你停了风雪，掉下一件，啊不，两件棉衣吧，我和我师父一人一件！你要是掉下棉衣来……最好再掉两个馅儿饼……我就信你！（闭眼等待片刻）您看，您信靠的老天爷，既没为您，也没为我，掉下一件棉衣来，您还说祂心肠火热呢。

戎夷　祂的火热不在这儿。（停顿）不过我俩中间，倒是有一个人有机会，多一件棉衣呢。

石辛　（突然意识到什么，恐惧地）谁？

戎夷　我的棉衣给你，你就多一件。你的棉衣给我，我就多一件啊。

石辛　（不自然地笑）不，这不可能。徒儿怎么能要师父的棉衣呢。

戎夷　徒儿也可以把棉衣给师父啊。

石辛　那我怎么办？（惊恐地）您不会吧？

戎夷　不会什么？

石辛　抢徒儿的棉衣？

戎夷　不会。

石辛　那就好。

戎夷　如果徒儿肯把棉衣献给师父的话。

石辛　凭什么？

戎夷　凭什么？凭我是你师父，你理当孝敬。凭你师父我是著名的国士，我活下来，能救鲁城八万人的性命。鲁城不降，鲁国就不会屈服，一个礼乐之国就得到了拯救，普天下都会听到自由的消息。此后，我还会说服各国联合起来，抗击强秦。这虎狼般的秦国一旦得胜，整个天下都将是一座大监狱。我的使命，就是让天下人逃出这监狱。我是为了这个使命舍不得死。你呢？你能做什么？你活下来若走正路，顶多就是个守法良民，带着芙蓉过好自己的小日子。走邪路，你可能丧失底线，为了一己私利，做尽伤天害理的事。为了把邪恶消灭在萌芽状态，为师就该消灭你。这逻辑是不是很严密啊？乖乖把棉衣脱下来，给为师穿吧？啊？辛儿？

石辛　（退得老远）你你你……你这个人好可怕！

戎夷　有啥可怕？

石辛　你满口道德仁义，一肚子自私自利！你打着伟大崇高的旗号，干灭绝人性的勾当！

戎夷　这样才能当上"人生赢家"啊。怎么样，成全师父吧？

石辛　（凄厉地）不！

［石辛魂飞魄散地逃跑。戎夷追。二人边跑边说。

戎夷　好徒儿，听话！把棉衣脱下来！

石辛　我才不！你这个恶魔！

戎夷　你跳不出为师的手掌心！

石辛　你不怕老天爷罚你吗？你不怕坏了良心、失去平安吗？

戎夷　首先，我认为没有老天爷。其次，我要是因为行仁义而穷困潦倒自身难保，就不可能感到平安。

石辛　啊，你这个老妖！你倒是学得快！

戎夷　对，要善于向年轻人学习！谢——谢——好——徒——儿——

〔戎夷抓住石辛。

戎夷　好徒儿，脱下棉衣，免得为师动手。

石辛　没门儿！你个假道学！我才不会让你得逞！有本事你杀了我！有本事你穿上滴血的棉衣！

〔戎夷抽出刀来，压在石辛的颈上。

戎夷　为了鲁城八万百姓，为了鲁国和普天下的自由，为师只好，不客气了。

〔收光。

第四幕

A7

[字幕：A7。A1的三十五年后。齐国都城临淄，吕章的将军府客厅。

[厅堂墙上挂着戎夷画像，画像前，年近六旬的吕章站着，五十五岁的石辛跪着。吕章的家臣和石辛的随从，各自站在自己主人的一边。气氛十分凝重。

吕章 （冷冷地）起来吧，石大人。你是代表秦国出使齐国的，这样跪着，有失国格。

石辛　（长跪不起）不，我首先是齐国人，戎夷师父的弟子，你的师弟，其次才是秦国的使臣。三十五年了，师父的死像块沉甸甸的石头，压得我喘不过气来。多少次梦见他，向他请罪。多少次我向老天爷求告，请祂让时光倒流，让我回到那个雪夜的鲁城门外，我就可以强迫师父穿上我的棉衣，由我去死。这样，师父就可以去救鲁城人，去救天下人，一切也许就不是今天的样子。

吕章　今天的样子？今天的样子不正如你所愿吗？韩国、赵国、魏国、楚国、燕国，先后都被秦国灭掉了，只差我区区齐国，秦国就统一天下了。你石辛石大人是秦王眼前的红人，只需坐等未来的封赏了，怎么反倒不高兴"今天的样子"了？

石辛　（缓缓站起，面向观众）吕师兄啊，我们三十五年没见面，你不了解师弟的心啊。（对随从）你们下去吧，我和吕将军好好叙叙旧。

〔众随从下。有一个人深深回看了石辛一眼。

石辛　吕师兄，我们可否推心置腹谈一谈？（以眼神示意吕章的家臣）

吕章　你们歇息吧。

〔众家臣下。

吕章　（冷冷地）有什么话，说吧。

石辛　可以坐会儿吗？

吕章　（冷冷地）坐吧。

　　　　[二人落座。

石辛　（深情地看了看吕章）吕师兄，三十五年，真是一眨眼呀。我们在师父家分别时，你我都青春年少，这一晃，土埋到脖子啦。想当年，你，我，孟还师兄，其他师兄，还有芙蓉，都在师父家的后院儿练功。师父那时就说，你功夫最好，也最有将才。果然，你现在做了齐国大将军，整个齐国的军队都归你调遣。

吕章　师父还说，孟还是个忠烈之士，会为自己的信仰殉道。果然，他殉了道。但师父想不到的是，他殉在了自己的另一个弟子手里。

石辛　（停顿）我知道，即使我有一百张嘴，一千个理由，也不能为杀死孟还师兄申辩。

吕章　没关系，张开你的一百张嘴，摆上你的一千个理由，看看哪张嘴哪个理由，可以让你杀害孟师兄这件事，显得合情合理。

石辛　我……

吕章　时间太久了，害的人太多了，想不起来了？

石辛　不……

吕章　说吧，说说你的理由。

石辛　……因为，按当时的情形，我不杀孟还师兄，我就得被淳于蛟杀死。（看着吕章）我知道师兄你怎么想。你会想：你为什么贪生怕死？墨家门徒、戎夷弟子都是为义而死，岂能为了自己活命，就去杀人？而且杀的还是义士？还是自己的师兄？（跪下）师兄啊，我这戴罪之身，现在也是这么想的。可我当时太年轻啦！我才二十二岁呀！我还不甘心死！我还有好多欲望啊！（流泪）谁知道血债的滋味这么难受……多少个夜里，噩梦连连……多少个白天，一个个幻影在眼前晃……简直生不如死啊，生不如死！（将剑抽出，举过头顶）师兄，今天见你，我就是回家了。我欠的两条命——师父的，师兄的，二罪归一，你就替我还了吧！（仰望空中）师父啊，师兄啊！求你们恕我的罪！辛儿来赔罪啦！（引颈就戮状）

［吕章接过石辛的剑，看了他一会儿，举剑一挥，石辛闭眼。吕章将剑停在石辛的颈项上，又垂下手臂。

吕章　起来吧。

石辛　为什么？

吕章　两国相争，不斩来使。杀你事小，秦国得了发兵齐国的理由，事大。我岂能为了私人意气，毁掉齐国。

石辛　师兄是为了爱国之念……（慢慢起身）

吕章　当然。

石辛　你是不会原谅师弟了。

吕章　我没有权利，替死去的师父和师兄原谅你。

石辛　可是我要做一件事，来赎自己的罪。

吕章　怎么？

石辛　（低声）十日之内，秦国就要集中全部兵力，攻打齐国西部边境，请师兄务必做好准备。齐国存亡，在此一战。

吕章　我凭什么信你？

石辛　你可以不信。那就当什么也没听到吧。师弟告辞了。

吕章　不送。

石辛　（走两步，停住）呃……师兄，你还有……芙蓉的消息吗？

吕章　有。

石辛　哦？她在哪儿？

吕章　临淄。

石辛　她也该，儿孙满堂了吧。

吕章　没有。她没嫁人。

石辛　她……怎么过呢？

吕章　她做着类似师父的事。

石辛　（停顿）哦。

吕章　想见她？

石辛　（想了下，伤感地摇了摇头）不，不了。知道她一切都好，就好。

吕章 （看了看石辛）还有一个人，也在临淄。

石辛 谁？

吕章 淳于嫣。

石辛 （漠然地）哦。她也好吧。

吕章 不太好。孤苦伶仃的，芙蓉有时会照看她一下。

石辛 唔。（失神地站着）

吕章 （停顿）你再坐会儿吧。

　　［正中石辛下怀，赶紧坐。

吕章 这姊妹俩，现在感情还不坏。

石辛 哦……（不知怎么继续这个话题，停顿）师兄的孩子们，都大了吧。

吕章 孙子孙女都五个了。（停顿）你两个儿子在秦国少年得志，我听说了。

石辛 得什么志，就是年少轻狂，缺少管教。也怪我东奔西走，太忙。

吕章 这几年，我经常会想：我们这代人都老了，我们要留下一个什么样的世界，给子孙后代呢？你想过吗？

石辛 说实话，很少想。

吕章 该想了。

石辛 问题是，不归我们想啊。我们算什么？我们不过是小人物，各自王上的一枚棋子罢了。我想让天下百姓安居乐业，人人得到公平正义，可我有这个权力吗？没有。秦王、齐王才有。

吕章　我们总说自己是小人物，其实，不过是方便推卸责任罢了。

石辛　我们又有什么办法呢？

吕章　担当自己的责任，凭良心做事。

石辛　太抽象了，具体点？

吕章　照着老天爷的心意做事。

石辛　唉，又是"老天爷"……师父，芙蓉，孟还师兄，你，总口口声声"老天爷老天爷"的，可老天爷到底在哪呢？

吕章　祂在天上，也在我们心里。

石辛　在我们心里？

吕章　其实你明明知道老天爷在你心里，只是你觉得祂比秦王更好得罪，祂给你的东西比你想要的，更不重要罢了。

石辛　师兄的话，越来越难懂了。

吕章　其实，你什么都懂，关键看你怎么选择。

石辛　选择……

吕章　现在，天下只剩两个国家：秦国和齐国。秦国如狼似虎，领土上，想吞灭齐国，文化上，消灭诸子百家。齐国呢，却像待宰羔羊一般，王上软弱，幻想着秦王能开恩，放他一马。但怎么可能呢？贪心的人从不停脚，你必须与他争战。我现在要做的，就是率领齐军，誓死抗秦，让齐国尽可能长久地存在下去，让被秦王驱逐毁灭的诸子百家，在这儿开花结果。

石辛　那，我能做什么？

吕章　创造秦王的失败。

石辛　怎么创造？

吕章　老天爷在上，告诉我真实的出兵信息，不要放烟幕弹，否则……

石辛　否则，我不得好死。师兄，我说的都是真的：十日之内，秦国会将全部兵力压在齐国的西部边境，以求"首战即终战"。做好一切准备吧，祝齐国好运。

吕章　（二人起身，相互抱拳）那就，谢谢师弟了。

〔光渐暗，最后一束光照在石辛神秘莫测的脸上。石辛侧转头，与厅堂上戎夷的画像对视。收光。

A8

〔字幕：A8。A7的一年后，鲁城，秦王朝的一间囚室。

〔石辛披枷戴锁站在一只带轮的铁笼里。秦始皇身穿金色的长袍，慵懒地斜倚在笼子外面一张带轮的软榻上，手握一个案卷在看。一个宫女跪在榻前，给他捶腿。卫士站在两侧。秦始皇由淳于蛟的饰演者扮演。

秦始皇 （看着案卷，饶有兴趣地念）"我首先是齐国人，戎夷师父的弟子，你的师弟，其次才是秦国的使臣。三十五年了，师父的死像块沉甸甸的石头，压得我喘不过气来……"

石辛 （跪下）圣上，微臣冤枉啊！

秦始皇 怎么冤枉啦？

石辛 （哭腔）千古奇冤啊圣上！微臣竭忠尽智，肝脑涂地，岂敢有一丝一毫的谋反之心？那所谓的罪状，全是诽谤！这诽谤者，定是去年随我出使齐国的一个随从！求您让他与我当面对质！

秦始皇 这话不是你说的吗？（继续念）"这样，师父就可以去救鲁城人，去救天下人，一切也许就不是今天的样子。""今天的样子"，就是朕造成的样子，看来你很不满意啰？

石辛 圣上，那些话都是逢场作戏，是为了得到吕章将军的信任啊圣上！我后面还说了更诚恳的话呢，微臣真是拼尽了全部演技，差点儿掉了脑袋，才打动了吕章啊！否则，他怎会最终相信微臣，把全部齐军集中在西部边境？我秦军怎么可能如此轻而易举地从齐国北部长驱直入呢？啊啊，圣上，现在吕章已经被杀，齐王建也死了，齐国彻底灭亡了，整个天下，都是圣上、都是秦国、啊不——秦朝的了！微臣对圣上的统一大业，即便没有功劳，也有苦劳，没有苦劳，也断不至于死罪呀！求陛下开恩，释放微臣吧！您让我做什么，我就做什么！您让我咬谁，我就咬谁！我愿意做陛下的一条狗，啊不，一条虫！只要您让我活着就行！只要您让我活着！恳求陛下，开恩啊！！！（叩头如捣蒜）

秦始皇 （换了个更舒服的姿势倚着软榻，示意宫女）这儿，对，对……（欣赏着石辛的哀求）朕让你做什么，你就做什么？

石辛 是啊，圣上！

秦始皇 朕让你做的，你都做了。

石辛 的确啊，圣上！

秦始皇 实在完美，有时还超额完成。

石辛 没错啊，圣上！

秦始皇 你为了朕四处说谎，你的谎言也是那么完美。

石辛 嗯嗯！圣上！

秦始皇 那为什么朕还要杀你呢？你以为朕真的相信你谋反吗？

石辛 （哭）陛下圣明！陛下知道微臣一片忠心，绝不谋反！

秦始皇 呵呵，忠心这东西你肯定是没有的。但朕知道，借你一万个胆子，你也不敢谋反。因为你没这本事。可朕为什么要以谋反罪杀你呢？你懂吗？

石辛 （哭）陛下，微臣不懂啊！

秦始皇 因为呀，你的用处已经到头啦。

石辛 （伏地，哭）陛下！不能啊陛下！

秦始皇 一次性用品，都是用完即抛的。

石辛 （愣住，觉得这话似曾相识，大哭）圣上！！！

秦始皇 但垃圾也要回收再利用不是？这朝廷啊，总有蠢蠢欲动想谋反的人，你得杀只鸡，吓吓猴。杀谁呢？杀白德将军，会有人替他喊冤。杀你，却没有，全都赞成。那朕何不送个顺水人情，大快人心一下呢？你说是不是啊，石爱卿？

石辛 圣上！您不能这样绝情啊！

083 秦始皇 "绝情"？你我之间，是明码实价的交易，有什么"情"可绝呢？对了，看这个记录，你对你那个什么戎夷师父，倒是一片深情呢。

石辛 陛下，那是臣在演戏啊陛下！

秦始皇 也怪了：你跟别人演戏的时候，总是那么声情并茂，有血有肉。你跟朕说所谓真话的时候，却是那么言语无味，面目可憎。怎么，朕比不上你那戎夷师父吗？他是谁呀？

石辛 陛下，他是微臣青年时代的师父，一个墨家弟子，讲什么兼爱非攻、舍己爱人那一套，专门帮弱者对付强者，帮小国抵挡大国，一辈子不识时务，逆历史潮流而动！否则，微臣也不会离开他！

秦始皇　哼哼，鲁城门外的雕像，就是他啰？

石辛　是的陛下，鲁城人贼性难改！微臣当年和白德将军，曾下令将戎夷雕像和二十万楚军一起埋葬。谁知十几年过去，雕像埋了一个，又出来一个，死灰复燃，屡禁不止。陛下，只要您赦臣死罪，臣可用余生看守鲁城，一旦这雕像出现，臣立即将其掩埋，并会将雕刻这像、树立这像的人，禀告官府，斩草除根！保证它不在市面上惑乱人心！

秦始皇　啧啧啧，石爱卿，您这贪生怕死的精神，真是可歌可泣呀。只要能活着，干什么都可以。

石辛　（哭）圣上，微臣并非贪生怕死，只是贪恋圣上的光辉啊！

秦始皇　（欣赏，摇头慨叹）唉，你这拍马屁的功夫，也是登峰造极，前无古人啦。杀了你，人间就绝了一门艺术了。可惜呀，可惜！

石辛　求圣上留下微臣，普及这艺术！

秦始皇　哈哈！哈哈哈哈……石爱卿，你简直是一次又一次刷新朕的想象力！朕就知道能从你这儿得到快乐，但想象不到会这么快乐！这也是朕为什么要在巡游泰山之后，杀你之前，特来观赏你的原因。

（笑出泪来）哈哈，哈哈哈哈哈！

石辛　（哭）求陛下开恩啊！陛下，求您别杀我……

秦始皇　石爱卿，为了让你安心，你的妻儿老小，也会随了你去阴间团聚。你的家产充公，留着将来赏赐那些最像你的人。毕竟长江后浪推前浪嘛，你这前浪不走，后浪也没机会呀。

石辛　不！！圣上！！！您不会的！！！！

秦始皇　对了，百姓中有个传说，说你人如其名，长了颗石头心。真有这么回事吗？

石辛　不是的，圣上！微臣长的是肉心！肉心啊！

秦始皇　（若有所思地摇摇头）不一定吧……这个咱俩都说了不算，还得让事实说话。怎么让事实说话呢？石爱卿？（停顿，看着石辛）

085　石辛　圣上饶命啊！！圣上！！！

秦始皇　当然是通过实证啦：你的死刑因此比较简洁，不像车裂啊、凌迟啊那么繁琐——你只是剜心。这样，谜底就揭晓了。它看起来是一场刑罚，其实呢，是朕求真好奇的一场科学实验。（赞叹）两全其美啊，石爱卿，你真是个有益于全人类的人，这一点，很像你师父。

石辛　（哀嚎）圣上，您不要开玩笑啊！！！

秦始皇　开玩笑？不，朕从不开玩笑。（停顿，对狱卒）你们，押他下去，行刑。

石辛 （发出肝胆俱裂的惨叫）不要啊！圣上！！圣上饶命啊！！！

　　［秦始皇做了个代表"胜利"的V字手势，斜卧在榻上，被侍卫推至场下。带刀的刽子手推着石辛的带轮囚车绕场而行。天降大雪。鲁城城门的布景推上。鲁城众百姓上，围着石辛的囚车，众声喧哗，其中有老陈和老田。个儿矮的老田翘脚看，看不见。老陈个儿高，看到了。

老陈 想不到啊，想不到。

老田 真是他吗？

老陈 千真万确，石头的石，辛苦的辛。

老田 什么样儿了？

老陈 老啦！要不是牌子上写着他名字，根本认不出来！

老田 还那么威风吗？想想三十多年前鲁城大堂上，他让咱俩作伪证陷害孟先生，那是何等气焰！

老陈 再想想二十年前，他在鲁城城门外下令活埋二十万楚军，那又是何等嚣张！完了，皇上一声令下，他就死球了！

老田 老话儿怎么说的？"人在看，天在做！"

老陈 （无奈地看着老田）老田啊，你啥都好，就是拽词儿拽不对。

老田 啊啊……反正心情就是这么个心情。

刽子手的声音　让开！

〔人群呼啦一下散开，石辛的囚车和刽子手显露出来。

刽子手　在场的，有石犯的亲友来送行吗？还有最后几分钟，可以说说话，递杯酒！

〔刽子手将石辛推出囚车，捆在一根柱子上。众百姓议论纷纷。

百姓甲　没有！

百姓乙　他家不是灭门吗？哪会有人看他？

百姓丙　这么恶贯满盈的东西，谁给他送行！

百姓丁　做人啊，别太绝，别以为没有老天爷。

〔人声嗡嗡，群情沸腾。石辛木然看着这大快人心的仇恨之海，终于知道什么叫"弃绝"。

刽子手　没人来？没人来哈？石犯……（欲举刀）

087　芙蓉的声音　等等！

〔五十岁出头的芙蓉和淳于嫣相携着疾上。芙蓉与石辛四目相对。静场。

石辛　芙……芙蓉？

芙蓉　是我。

石辛　（露出孩子气的笑容）原来，你老了是这样儿啊。

芙蓉　五十三啦，还能什么样。

石辛　你来，看看我的下场？

芙蓉　我和嫣姐一起来的。

〔淳于嫣走上前。

淳于嫣　石辛！你也有今天！（啐了石辛脸上一口）这是替我爹啐你！（又啐了一口）这是我啐你！你这个无耻的骗子！！凶手！！！你打着芙蓉的旗号，竟用一封假信骗取我的心！你阳奉阴违心狠手辣，竟对我爹下那样的毒手！（仰脸向天）老天有眼哪哈哈，老天有眼！爹！你的仇就要报了！骗你杀你的，骗我毁我的，就要偿命啦！哈哈哈哈！

石辛　（万念俱灰地微笑）啐吧。芙蓉妹妹，你也一起。最该啐我的，是你。

芙蓉　（摇头，从背囊里取出一个酒杯，一个拧得很紧的酒壶，拧开，倒酒在杯子里，递到石辛的唇边）辛哥哥，喝口酒吧。

石辛　（深深看着芙蓉，一饮而尽）好酒。多谢了。

芙蓉　（又倒一杯，递到石辛唇边）再来一杯。

石辛　（再次一饮而尽）真甜啊，就像四十年前，我们放飞小木雀时，闻到的青草味儿。

芙蓉　（又倒一杯，递到石辛唇边）再喝一杯吧。

石辛　（又一饮而尽）妹妹，我的身子，像要飞起来了。

芙蓉　飞吧，飞吧，快飞吧，这样，你就看不见刀子，看不见血了。你就不疼了。你就睡了。

石辛　妹妹啊，为什么可怜我？这世上唯一有资格恨我、审判我的，就是你啊。

芙蓉　（停顿）没错，我恨过你。直到得知这消息之前，我都在恨你。可我没有资格审判你。能审判你的，只有老天爷。

石辛　老天爷……（抬头望天）果真有老天爷吗？

芙蓉　若没有老天爷，你怎会在这儿受罚。

石辛　可是，还有罪过比我更大的皇上呢，没谁比他杀人更多！你的老天爷怎么不罚他？

芙蓉　他，自有他的日子。

石辛　但愿。

芙蓉　辛哥哥，假如老天爷审判你，问你说：恶贯满盈的罪人哪，你这辈子做过的最不后悔的事，是什么？你怎么回答祂？

石辛　（想了下）最不后悔的事，只有一件。

芙蓉　是什么？

石辛　十五岁到二十岁的时候，我陪伴过一个失去母亲的小女孩。我给她做过一只小木雀。我曾经让她悲伤的脸上露出了笑容。

芙蓉　（泪如雨下，停顿）假如祂接着问：你这辈子如此做人，如此下场，后悔吗？你怎么说？

石辛　（想了想，平静地）不，我不后悔。

芙蓉　即使等着你的是地狱，是永远烧你的烈火，是你求死不能，也不后悔？

石辛　（定睛看着芙蓉，绝望而又哑然失笑地）你的表情，可真像师父啊，跟他最后的样子一模一样……

芙蓉　告诉我,你和我爹最后在一起的时辰,到底发生了什么?

石辛　(回想)最后的时辰啊……

〔灯光变幻,众百姓、刽子手、淳于嫣下。只有老年石辛和芙蓉留在舞台上。转台将他们转至台侧。雪继续下。转台将鲁城城门转了个个儿,二十岁的石辛和四十五岁的戎夷站在鲁城门外,戎夷的剑压在青年石辛的颈项上。没有时间间隔,直接进行B4。

B4

〔字幕:B4。时间接B3,鲁城门外。

戎夷　(将剑压在石辛的颈项上)为了鲁城八万百姓,为了鲁国和普天下的自由,为师只好,不客气了。

石辛　(闭眼)杀了我吧,假道学!就算你给普天下带去了自由,那自由也是脏的,因为上面有我的血!我的血!你的良心永远不会安宁!

戎夷　看来你什么道理都懂啊,这时你讲良心了?能记住你的话吗?

石辛　哼!(哭)记住有什么用!

戎夷　(剑在石辛的颈上加了力道,似乎马上就要刺进去)脱掉棉衣,你还能多活一会儿。不脱,立刻死在剑下。

[石辛见戎夷没有放下剑的意思，乖乖地、慢慢地脱掉棉衣，扔在雪地上。

戎夷　捡起来。

[石辛捡起棉衣。

戎夷　给我穿上。

[戎夷一手持剑，伸出另一臂，石辛哆嗦着帮他把棉衣袖套进手臂。

戎夷　（穿上石辛的棉衣，看着战栗的他）感觉怎么样啊？

[石辛瑟索不语。

戎夷　是不是特羡慕我这个人生赢家呀？嗯？

石辛　（瑟索，大哭）呜呜呜，老妖，算你狠！

戎夷　你为什么脱下棉衣受这罪呢？忍一下我的剑，让为师背负血债一辈子不舒服，不比你现在挨冻强多了？

石辛　（哭）哼，多活一秒是一秒。

戎夷　（看着石辛）很快，你的血管就会像冻河一样凝固，不再给全身输送热量了。（抚摸石辛的手臂）你的皮肤，会变成冰冷的铁片。你的大脑，慢慢地不会再有任何念头。最后，你会以怕死鬼的身份，平静无比硬邦邦地，去见老天爷。

[石辛微弱地嘤嘤哭泣。

戎夷　记住你身体的感觉。

　　　［石辛气若游丝地哭泣。

戎夷　记住人生赢家是怎样剥夺了你的棉衣。

　　　［石辛若有若无地哭泣。

戎夷　记住怕死鬼死到临头时，蒙受的羞辱。

　　　［石辛无声。

戎夷　当然，你若换个想法，这羞辱就会变成光荣，为师也能从自私的人生赢家，变成"必须如此"的义士。

石辛　（气息微弱）你……你鬼话连篇。

戎夷　（莫测而反讽地）只要你这么想：我石辛在服从一种数学，正义的数学——八万大于一。鲁城八万人，我石辛，一个人。用数学来衡量，我师父也应当且必须穿上我的棉衣，冻死我。他这么做是不是不道德？是不是有罪孽？嗯，是有那么点儿。但这对师父来说，是一种多么崇高的牺牲！他本不怕死，可为了救八万鲁城人，他放弃了自我完善的机会，自觉地担起道德上的罪孽。这是多么伟大的犯罪！我要歌颂这个罪！我要为自己成了这牺牲的一部分，心怀感激！将来师父救鲁成功时，人们可以在我坟前献花，称我为牺牲的义士。对，这样很好，我要自觉地献出我的棉衣，让师傅替我为正义和自由而战！（停顿）怎么样？你这么想一下，好不好？

石辛　呸！你让我恶心！

戎夷　甘心这样死吗？

石辛　（口齿不清地）甘心个屁。

戎夷　（停顿，扶住石辛肩膀，为他揉搓手臂）既然如此，醒醒吧？（把他从地上拉起来）活动一下！让暖气回到身上！（拽着他跌跌撞撞地走，突然，将石辛抱在怀里）

石辛　（口齿不清地）老妖，你干嘛……

戎夷　（把石辛的棉衣脱下来，披在他身上）干嘛？教训你。

石辛　（立马获得了超常的敏感，将棉衣压在身上）还我了？可惜……我要冻死了……

戎夷　是吗？那还是给我吧。

石辛　不！！！

〔石辛以惊人的敏捷和速度，边穿上棉衣边踉跄地跑起来。戎夷在后面故意慢慢追。

戎夷　你跑什么？

石辛　不能再让你抢下来。

戎夷　我要想抢，会把它还你吗？

石辛　谁知道你犯了什么神经病。

戎夷　你停下。

石辛　我不。

戎夷　你不停，就没有第二件棉衣穿。

石辛　哪儿来的第二件棉衣，老天爷又不会下给我。

戎夷　不，祂会下给你。

　　　[戎夷停步，脱下棉衣，抛向空中，正好缓缓落在奔跑的石辛头顶。石辛接住棉衣，呆住了。

戎夷　穿上。

石辛　为什么？（停顿）你真疯了？

戎夷　权当为师疯了吧。

　　　[石辛赶紧穿上戎夷的棉衣。

石辛　别反悔哈。（难以置信地体验了一会儿）真暖和啊。（看着戎夷）你有取暖大法吧，所以你不需要这件儿棉衣？

戎夷　（停顿）嗯，我有取暖大法。要不要了解一下？

石辛　（拿定主意绝不脱下棉衣）哼，说说无妨。

戎夷　这取暖大法的核心要义是：用雪花定律，代替正义数学。（坐在城门洞下）

石辛　（小声）都是活见鬼的话。

戎夷　你说什么？

石辛　（跳得远远的）啊没，没什么。

戎夷　（停顿，对天说话）老天爷啊，徒儿不懂我的话，但是你懂。你究竟要我救八万鲁城人，还是救徒儿一个？这八万人里，有义士，有恶棍，有不好不坏的人。徒儿是什么人？也许他是个自利贪生之辈，也许将来他可能去行大恶。我能否为了救那八万人，取这可能的恶人的棉衣，夺他的性命？听起来是个一本万利的选择。可是你用这场雪告诉我：不能，绝不能。我一旦杀了这可能的恶人，义士戎夷就必会成为一个真正的魔鬼。这是我刚刚知道的。刚才，当我假装夺他棉衣教训他的时候，我感觉自己真成了生杀予夺的天神。我就知道：一旦我当过一次神，就会上瘾，想要永远当神。就像我抬起脚，践踏第一片雪之后，我一定会继续迈步，践踏无数片雪。你赐给我的平安，那因为守护每片雪花而来的、洁白无瑕的平安，就永远失去了。此后，魔鬼会住在我心里。我会在夺了徒儿性命之后，打着更加正义的旗号，去夺更多人的性命。我会成为我当初所反对的人，你眼里的罪人。（停顿）老天爷啊，感谢你赐给我的平安，我会持守到见你的时候！感谢你把持我的手，让我不至于犯罪！感谢你呀，仁义慈爱的老天爷！（对天敬拜，欢喜快乐）

［城里响起遥远的打更声，四下。

戎夷　还有两个时辰，才能打开城门。

［石辛起劲儿地活动身体，不做声。

戎夷　辛儿。

［石辛戒备地看着戎夷，不做声。

戎夷　辛儿？

石辛　干嘛？

戎夷　过来。

石辛　我不。

戎夷　怕我又夺你棉衣？

石辛　哼，你啥事干不出来？

戎夷　（惨然一笑）这就是我们相处五年，你对为师的了解？

石辛　（哭腔）你刚才，已经面目全非。

戎夷　你要是能一直记得刚才你我之间的对话，为师就算没有白死。

石辛　死？你不还活得好好的吗？（看了一眼身上戎夷的棉衣，不太自在地）你不是，有取暖大法嘛？

戎夷　来，为师教你活命之法。过来呀。

　　　[石辛戒备地蹭过来，离他还是有一点距离。戎夷从背囊里取出救守图，把剑扔到石辛脚下。

戎夷　靠近我。（石辛收了剑，蹲在他身边）喏，你看这鲁城救守图。这些符号的意思，一会儿为师慢慢告诉你。这些，是跟你师兄们拿走的草图不一样的地方，后修改的。明早你进城之后，把图交给你孟还吕章师兄，让他们照此布置兵力器械。

石辛　可是……假如明早……您不在了……

戎夷　不是假如，是肯定，明早我就不在了。

石辛　师父……（把手按在戎夷的棉衣上，做出脱的架

势，又无力地垂下来）

戎夷　别斗争啦，你还给为师，为师也不会穿的。

石辛　（匍匐在地）师父……师父的恩情，徒儿没齿难忘。

戎夷　（拍了拍石辛的肩膀）起来。

石辛　可师父，假如明早您不在了……我却活着……师兄们责问我，我怎么说？

戎夷　（看着石辛）你既然活下来，什么压力不得担当呢？

石辛　（干涩地）好的，师父。

［二人沉默片刻。

戎夷　（哼一支歌）"妈妈呀，看见小木雀了吗？这是我呀，我来看你啦……"

石辛　（接着哼）"孩子呀，妈妈看见你啦。好好的呀，可别受伤呀……"（停）师父。

戎夷　嗯？

石辛　这是芙蓉哼的歌。

戎夷　嗯。

石辛　（停顿）您放心，我会对芙蓉好的。

戎夷　是吗？

石辛　是。

戎夷　你对老天爷发誓。

石辛　（跪下）老天爷啊，我发誓，我会娶芙蓉，照顾她一辈子。

戎夷　如若不然……

石辛　如若不然，老天爷你让我不得好死！

戎夷　还有一事，你一定要做到。

石辛　什么？

戎夷　将来，绝不投靠楚国和秦国。

石辛　好的，一定。

戎夷　你对老天爷发誓。

石辛　（跪下）老天爷啊，我发誓，将来绝不投靠楚国和秦国。如若不然，我不得好死！

〔光打在老年石辛和芙蓉的身上。青年石辛和戎夷停住不动。

老年芙蓉　你发誓的时候，是当真的吗？

老年石辛　发誓时当真，还是不当真？全看以后的运气。有的人运气好，不用受罪就能守住誓言。我呢，只能说运气不够好，对，运气不够好……

〔灯光变幻。钟敲五下，五更天了。戎夷身穿白色里衣，孤单地坐在城门下，身上落了一层雪。青年石辛在离他很远的地方跺脚，蹦跳。

戎夷　（寒冷使他口齿有些含糊）辛儿，告诉你个秘密：其实冷是个暂时现象。过一会儿，就不冷了。你的皮肤像一层厚棉被，盖着它，你会感到暖烘烘的，只想睡觉……

石辛　（敷衍地）您睡吧，睡吧，说话多累呀。

戎夷　睡着之前,有几句顶重要的话,说给你。你知道为师为啥要你一定远离楚国和秦国吗?

石辛　(敷衍地)因为它们攻打别的国家。因为您是墨家弟子。

戎夷　因为啊,它们就想成为这场止不住的大雪。只不过,它们的雪是黑色的。那黑雪分分秒秒地压下来啊,压住人,压住树,压住动物,压住房子,压住田地,压住山,压住河,压住海……我们抬头看,天好像也被它们压住了,因为天也是黑色的,你仰头找啊找,找不见太阳,也找不见月亮和星星……什么都找不见……这世界只是黑,只是冷……一切都被冻僵了,没一个活物……最糟的是:你看不见一切被冻僵……你的眼睛没瞎,但跟瞎了一样……你的喉咙没哑,但跟哑了一样……起初你还有瞎了哑了的感觉,后来,连这也没有了,因为你的眼睛和脑子空空如也……黑雪啊,就这么一直下个不停……时间好像冻住了,空气也没有了,你不再是个活物……等所有人、所有动物都不再是活物,这场黑雪就成功了……因为它要的就是一个没有一丝活气儿的天地,一个只有它自己的天地……假如你不阻止的话,这就是未来的天下将要成为的样子……这就是为师一定要你给两个师兄送救守图、一定要你远离楚国和秦国的原因……懂了吗？辛儿，懂了吗……

石辛 （一直跺脚，或原地跑步，或伸展运动，敷衍地）懂了啊，师父。

〔光照在老年石辛和老年芙蓉身上。

老年芙蓉 （抬头望天，轻声地）爹，你的预言说中了。我们已经在这场黑雪里了，憋闷，好憋闷啊……（转向石辛）辛哥哥，你，真听懂我爹的话了吗？

老年石辛 懂，又有什么用呢？人总得活命啊。

老年芙蓉 可怜我爹，就这样被你辜负。（顿住，冷冷地）他最后还说了什么，你还记得吗？

老年石辛 他最后啊……

〔柔和的光洒在戎夷身上。光线的流动和变化显示时间又过了一段。石辛已躲在戎夷的视线不及之处。

戎夷 （身上的雪更厚了，声音低沉飘忽）辛儿，不知为什么，我想起八年前的秋天。那时你还没来我这儿学艺，你师母还活着，芙蓉只有九岁，我带着她们娘俩和你众师兄，一起来鲁国游学。我们在鲁城附近的一个村子住了段时间。白天，我们帮村民们秋收，晚上，全村人聚在某个弟兄家的大院儿里，吹拉弹唱讲故事，然后疲惫快活地睡去。真快活呀，好像天上的日子也不过如此。可是有一天，村里来

100

了条大汉。那时大家伙儿都下了田，只有你生病的师母带着芙蓉，还有我们借住的主人家——一对老夫妻，留在村里。老爹见院里进来个男人，就让女人们躲起来。他问这人，要做什么？大汉说，他听说这院里来了个齐国美女，还带着个漂亮小妞，他要带她们走。老爹说，她俩不在这儿，下田去了。大汉扇了老爹一耳光，拔出刀来按在他胸口，说："你蒙傻逼呢？你敢以为爷爷是傻逼？嗯？"老爹说："是啊孩子，你太傻了。""你为啥说我傻？""因为你喜欢干伤天害理的事儿。你不怕老天爷罚你吗？""老天爷？我要报复的就是老天爷！凭啥他让别人有媳妇有娃，有朋友有家，却让我受穷，娶不起媳妇生不了娃？凭啥？！我就伤他的天害他的理了！我就用刀劈他了！我就抢别人的女人了！他能罚我吗？！有本事他立马让雷劈了我呀？！"他用刀向天乱砍。老爹说："你这些冤屈啊，也怪你，也不怪你，但怪不到老天爷。你跟王上嚷嚷比跟我嚷嚷管用。""我见不着王上，再说了，见了王上保不齐我小命儿就没了，但我可以自己找公平。把那女人给我，否则，要你老命！"老爹说："你要了我命，就能放过那齐国女人和孩子吗？"汉子愣了："你跟这娘们啥关系？你要为她死？"老汉说："她官人是我好朋友。对，我可以为她死。我死了,你就空手离开村子吗?"汉子愣了,想了下,说:"行啊。"老汉说:"成交。"就将胸口撞向汉子的刀。汉子看着血泊里的老人,默默离开了院子。你师母把这一切看在眼里。她想冲出去换下老爹,可她看到芙蓉惊恐懂事的小脸儿……更可能,她是本能地害怕……她就僵住了。(停顿)三年之后,我们走过许多地方,帮了许多人,也被许多人帮,你师母还是倒下了。临终前,她说:"我终于解脱啦,终于放下老爹给我的担子啦。你一定替我担下去呀,直到担不动了为止,好吗?"(停顿,对天)芙蓉娘,我一直记着你的话呢,现在,我也担不动啦,终于要休息啦。你在老天爷身边还好吗?我来,看你啦。(垂下头,安详地进入长眠)

[灯光同时照在老年石辛和老年芙蓉的身上。

老年石辛 这是师父最后对我说的话。

老年芙蓉 (停顿)你就用这样的一生,回报了他。

老年石辛 (慢慢露出顽梗的笑容)这样的一生?除了结尾欠佳,这样的一生没什么不好。毕竟,我多活了几十年。我经历的,我有过的,是师父短暂虚幻的一辈子想也想不到的。他享受过千万人跪在他面前瑟瑟发抖的感觉吗?他品尝过一千年的龟血掺着一百年的醇酒,从喉咙滚过、在体内流过的滋味吗？没有，可怜的师父，他一生一世什么荣耀也没有。（想了想）至于我人生的结尾究竟如何，还真说不定。在下一个朝代的史书里，石辛可能是个光荣的名字。他将作为第一个受到暴君秦始皇迫害的重臣，记载在史册上，供人千古传颂。这是可能的……不，这是一定的！这样，我的一生堪称完美！用这么完美的一生来回报师父，不是很值得吗？你说呢？芙蓉妹妹？你说呢？啊？哈哈，哈哈，哈哈哈哈！

［刽子手走上前来。

刽子手 时间到，亲友退后！（持刀，扎向石辛的胸口，动作凝固）

老年石辛 师父，我来了！老天爷啊，让我瞧瞧，你到底长什么样儿！

老年芙蓉 石辛！可怜的石辛！万劫不复的石辛啊！

［强光闪耀，照在老年石辛顽梗、讥笑、恐惧相交织的面容上，在越来越强烈的恐惧表情中定格。暗场。出字幕，一个字一个字地敲出来，有打字机的噼啪声：
十年后的夏天，秦始皇病死于东巡途中。为了隐瞒他死去的消息，掩饰他腐尸的臭气，他的近臣买了一车更臭的鲍鱼盖在他的尸体上，臭气熏天地颠簸

着回到了咸阳。

又三年,秦二世胡亥和嬴姓宗族全部被起义军所杀,秦朝覆亡。

[收光。

      2020年6月19日—9月30日,初稿

      2021年2月8日,二稿

      2021年2月13日,三稿

      2021年6月9日,四稿

      2021年12月20日,定稿

麦子落在盐碱地，又能如何

《戎夷之衣》创作谈

2017年底，偶然翻读钱穆先生的《墨子·惠施·公孙龙》，被他引用的一个故事吸引：

> 戎夷违齐如鲁，天大寒而后门，与弟子一人宿于郭外。寒愈甚，谓其弟子曰："子与我衣，我活也；我与子衣，子活也。我国士也，为天下惜死；子不肖人也，不足爱也。子与我子之衣！"弟子曰："夫不肖人也，又恶能与国士衣哉？"戎夷太息叹曰："嗟乎！道其不济夫！"解衣与弟子，夜半而死。弟子遂活。

这是《吕氏春秋·恃君览第八》里的故事，我记不起钱先生的原话是怎么说的，大意是：这故事表明兼爱舍己之墨家的道德窘境——能救人，却不能救自己。

对此解读我有未搔到痒处之感，但震惊于如此简短的故事却隐含如此深刻的悖论：对舍己为人的道德之持守，反成就了一场"道德的逆淘汰"——死去的是义士，活下来的却是"不肖人"，一如历史现实时常上演的剧情。

但问题在于：也只能如此。若义士因受衣而存活，"不肖人"因让衣而冻死，那义士还是义士吗？他岂不成了打着义士旗号的伪善者，比"不肖人"更坏？此即道德的悖论——道德者只能以自我牺牲去保存"弱道德""非道德"和"不道德"者，并任由后者自发完成道德的转化或不转化；道德者若致力于自我保存，必走向自己的反面。"一粒麦子不落在地里死了，仍旧是一粒；若是死了，就结出许多子粒来。"(《约翰福音》12：24)

问题在于：麦粒若落在盐碱地里怎么办？它还会结子粒吗？若会，那是怎样的子粒？若不会，那么我该如何看待"麦粒白白死在盐碱地"这件事？这看法隐含着人当如何行事为人，如何承受信与疑，如何看待罪与义。这不是一个小问题。

将这疑问融于"戎夷解衣"的故事，我要探究：戎夷这粒麦子，在"不肖的弟子"这块盐碱地上，结出了另一粒戎夷吗？这弟子活下来后，他的余生将怎样度过？他将怎样回应戎夷舍命披在自己身上的这件棉衣？

一个人的棉衣和另一个人的余生，就这样紧紧地焊接在一起。此间的戏剧性，真是莫测。我被它吸引。

故事只有两个当事人：戎夷和弟子。戎夷死了，故事被流传下来。只有一种可能：它是被那弟子传开的。这弟子是在什么场合、什么心境下，讲述这故事？

无论弟子如何度过自己的一生，最后，他还是以公开传扬戎夷的义举，来安放自己的良心。戎夷的牺牲终于没有被辜负。麦粒结出了更多的麦子。

真是个抚慰人心的好故事。暗淡的现实需要这故事。

于是，我打算这么写：敷演那弟子——我给他取名石辛——充满不义的一生，在受到逼迫的最后时刻，戎夷之衣奇妙地照亮了他，使他以最终的义举和故事的讲述，回报戎夷的牺牲，完成自我的救赎。一个好莱坞式的光明结尾。

微博和微信里，隔一阵就会因发生某件事，人们激动地转发一句评论："为众人抱薪者，不可使其冻毙于风雪。"

但事实多半是：又一位"抱薪者"已"冻毙于风雪"。

遇见"戎夷解衣"的故事前，我也会这样慷慨激动一番。遇见这故事之后，模型就很简单，亦无可辩驳：我们都是石辛——穿着为我而死的戎夷们的棉衣，或无可奈何，或理直气壮地，原样苟活。还是忘掉那个人和那棉衣吧，否则，我们如何能问心无愧地生存。

但我们或可退而求其次：以谴责自己的软弱，获得良心的代偿，进而取得些许道德优越感——毕竟，还有人不懂得自责嘛。

我们最多能做到如此。我们无法做得更多。我们无非都是，罪与死的奴仆。

无论我如何努力，都无法写完那个"抚慰人心的好故事"。

刺激我重新构思"戎夷之衣"的，有两件事。

一是江歌案。2016年11月3日凌晨，留日女学生江歌被同学、好友、室友刘鑫（现已改名刘暖曦）的前男友陈世峰杀害在自己的寓所门前。此案的"罪魁"，是江歌的善良。她本独自租房安然居住，因同情刘鑫不堪前男友骚扰，慨然收留她同住了两个月。又因同情，她在11月3日凌晨陪刘鑫从地铁站走回自己的寓所——此时刘鑫已接到陈世峰的恐吓微信，但她并未将此危险告知江歌。二人在公寓楼道与持刀的陈世峰相遇，刘鑫走在前面，迅速躲进屋内并锁住房门，致使身后为她劝阻陈世峰的江歌无法进门逃生，反被陈堵在门前，砍中颈部十几刀。陈世峰逃走。江歌流血过多而死。案发后，刘鑫不与江歌母亲江秋莲见面，不满足后者想要从她处了解女儿死因的愿望。相反,她恼怒于自己姓名出现在新闻中,威胁江歌母亲若再有她的新闻,她将不配合警方调查。在江歌去世后的时日里,刘鑫从未表达感恩与愧疚之意,相反,她在微博中不时咒骂揶揄江歌母亲。2019年,刘鑫改名刘暖曦,继续兴致勃勃、攻击江母的网红生涯。(2022年1月10日上午,江歌案一审判决:被告刘暖曦于判决生效之日起十日内,赔偿原告江秋莲各项经济损失496000元及精神损害抚慰金200000元,并承担全部案件受理费。刘暖曦不服,提起上诉。2月16日,青岛中级人民法院二审开庭,刘暖曦应诉,认为自己没有过错,不应承担民事赔偿责任。此案经过4小时审理,宣布休庭,将择期宣判。——2022年4月21日,作者补记。)

一是科幻作家刘慈欣和科学史学者江晓原关于"吃人"问题的辩论。2007年,在成都白夜酒吧,刘慈欣向江晓原提出一个假设:如果世界末日,只剩下他俩和现场的一位主持人美女,"我们三人携带着人类文明的一切,而我们必须吃了她才能够生存下去,你吃吗?"江晓原说,他肯定不会吃。刘慈欣说,可是全部文明都集中在我们手上,"莎士比亚、爱因斯坦、歌德……不吃的话,这些文明就要随着你这个不负责任的举动完全湮灭了。要知道宇宙是很冷酷的,如果我们都消失了,一片黑暗,这当中没有人性不人性。只有现在选择不人性,将来人性才有可能得到机会重新萌发"。江晓原回应道:"如果我们吃了她，就丢失了人性，一个丢失了人性的人类，就已经自绝于莎士比亚、爱因斯坦、歌德……还有什么拯救的必要？"刘慈欣的设问，则可用他小说里的一句话概括："失去人性，失去很多。失去兽性，失去所有。"当我知道这场争论的时候，已是2019年。

刘暖曦（刘鑫）所行和刘慈欣所言，使我重新思考石辛这个人物的道德特质，以及戎夷这个人物的行动边界。立此存照。

留心观察周遭的现实，时常感到一种令人惊异的单面性。我们所目睹的恶，往往是毫不犹豫、首尾一贯、简捷高效的。绝无良心的纠结。所有决定，皆明确无误地出发于自利自保自我膜拜之心。木心诗《剑桥怀波赫士》有云："一从没有反面的正面来／另一来自没有正面的反面"。这种简捷高效毫无挣扎的恶，或可以"没有正面的反面"名之。

在如此恶者身上，休想看到刚刚完成谋杀的麦克白式的内心争战："我仿佛听见一个声音喊着，'不要再睡了！麦克白已经杀害了睡眠'，那清白的睡眠……""这是什么手！嘿！它们要挖出我的眼睛。大洋里所有的水，能够洗净我手上的血迹吗？不，恐怕我这一手的血，倒要把一碧无垠的海水染成一片殷红呢。"

自我审判的麦克白，只能产生于被耶稣基督十字架上的救赎之血浇透的土地。逃避"拯救"而一味"逍遥"的传统，只会为"恶"提供无尽的借口。

我们需要对脚下的土质，有清醒的认知。

勿以如此立体的良心自谴，美化一往无前的恶者。

勿以恶者遍布地面，而不信天上有不灭的光。

也许这是我在《戎夷之衣》里唯一能做的事。

2022年1月10日写毕

2022年4月21日改定

《我害怕生活》总后记

这套集子,缘于友人罗丹妮和王家胜的美意。对待文字,丹妮是一团火,随时感应,随时欢欣、席卷、拥抱或疏离。家胜则如磐石,沉稳地施行他的眼光和主见。两位目光如炬的编辑说要给我出"文集",着实令我深感惶恐——作为写作者的我尚在形成之中,远未到以此种形式论定和总结的时候。但丹妮安慰道:表示"总结"的文集很多,可表示"开始"的文集很少,咱们做一套吧。此语卸下了我的重担,却是编辑者冒险的开始。感谢他们二人为此书付出的智慧、勇气与劳作。感谢李政坷先生的精心设计——文集名和各分册封面的书名,皆由他以刻刀木刻而成，这实在是创作激情所驱动的书籍设计。感谢止庵先生关键时刻的热诚赐教。感谢陈凌云先生和吴琦先生的大力支持，以及单读编辑部的赵芳、节晓宇的辛勤工作。也感谢上海文艺出版社的同仁们。此书即将付梓之际，深念往昔一些编辑家师友在写作路途中的激励与成全，亦在此致谢，他们是：章德宁，林贤治，孙郁，林建法，徐晓，王雁翎，张燕玲，沈小兰，尚红科，陈卓。

感谢家人，以及所有扶助过我的师友。感谢读者，恳请你们的批评指正。

李静

2022年8月9日，于北京

图书在版编目（CIP）数据

戎夷之衣 / 李静著. -- 上海：上海文艺出版社, 2024. -- （我害怕生活）. -- ISBN 978-7-5321-9082-9

Ⅰ. I234

中国国家版本馆CIP数据核字第2024P3T003号

发 行 人：毕　胜
责任编辑：肖海鸥
特约编辑：赵　芳　王家胜　节晓宇　罗丹妮
装帧设计：李政坷
内文制作：李俊红　李政坷

书　　名：戎夷之衣
作　　者：李　静
出　　版：上海世纪出版集团　上海文艺出版社
地　　址：上海市闵行区号景路159弄A座2楼 201101
发　　行：上海文艺出版社发行中心
　　　　　上海市闵行区号景路159弄A座2楼206室 201101 www.ewen.co
印　　刷：崇明裕安印刷厂
开　　本：1240×890 1/32
印　　张：3.875
插　　页：3
字　　数：66,000
印　　次：2024年8月第1版 2024年8月第1次印刷
Ｉ Ｓ Ｂ Ｎ：978-7-5321-9082-9/I.7146
定　　价：39.00元
告　读　者：如发现本书有质量问题请与印刷厂质量科联系　T: 021-59404766